ロマン=ロラン

ロマン＝ロラン

●人と思想

村上 嘉隆
村上 益子 共著

26

CenturyBooks 清水書院

はじめに

ロマン＝ロランと私

私がロランを読みだしたきっかけは、札幌における「ロマン＝ロラン友の会」の存在である。昭和三〇年から三五年くらいまでの間、最も活発な期間であった。会員の数はあまり多くなかったが、一度は北大の中央講堂で講演会と音楽会からなる記念祭を催したこともあった。この会のおかげで、私はロランの長い長い全集の約八割を読むことができた。二〇歳前後のときで、あまりよく消化もできずに、つごうのよいところだけ消化していた面もあった。当時の私にとっては、『ベートーヴェンの生涯《しょうがい》』がいちばんすばらしいと思えた。それを一冊読んだだけで、ロマン＝ロランとはすばらしい人だと思えた。しかし、いろいろな作品で、読みにくく、何か本能的に抵抗を感じるところがあった。今、こうして客観的に研究し直してみると、それは、神秘主義者ロランの、神に酔っている側面であったことがはっきりする。今、その原因がはっきりして胸のつかえが取り除かれた思いである。どうしても賛同できずついていけない側面が、はっきり分析されるとき、ロランという人間の個性がかえってはっきり浮きぼりにされる。しりぞけるところと、愛すべきところが、明確になってくるからである。

同時に、若いころの自分をふり返ると、ロランの『ベートーヴェンの生涯』に感謝の念をもたざるを得ない。私は、敗戦直後の一〇年間に一二〜二二歳であった。日本に新しく芽ばえてくる合理精神のいぶきを私も敏感に感じた。しかし同時に、若いときは望みが大きい割に、無力であったので、古いモラルと偏見の重さは、たえがたいものに感じられた。特に男女共学によって男性と女性との能力の平等が証明される反面、社会における著しい実際の差別には目がくらむ思いがした。若いときの絶望感というものは、おとなからみると、ごくささいでなんでもない、それほどおおげさにいうほどのこともない内容のものであるかもしれない。しかし、当時の私は、やはりベートーヴェンの遺書に深い感銘をおぼえ、「人生を千倍にも」という言葉《ことば》にハッとなったことを思い出すのである。『ミケランジェロの生涯』も、今読んでみると、ミケランジェロの文化史的位置づけに関して必ずしも絶品とは思わないのであるが、当時は自分自身の中のペシミズム(厭世《えんせい》主義)と闘《たたか》うロランに、やはりハッとしたのを覚えている。

しかし、若いときにはだれにでもいろいろな形でこのような経験があることであろうし、皆それぞれ自分の選んだ人生を闘い取ることによっておとなになるのだと思う。ロラン自身、たいへんな苦しみを通り抜けて、作家になった人であるから、『ベートーヴェンの生涯』や『ジャン＝クリストフ』は永遠に若い人から愛されるのではないか、と私は思っている。

次に、おとなからみた場合のロランの偉さは何か、と考えるとき、やはり「万人に抗する一人《ひとり》」のロランが浮かび上がってくる。ロランは常に人が最もいいしぶるような嫌《いや》なことを、勇敢に発言する人だということである。いいにくいことというのは、人々が政治的立場とか、政治的利害・経済的利害を考えてけっしていわないだろうと考えられるようなことがらについてである。私は今日《こんにち》の若い人たちが、このような人物をドン＝キホーテと感じるか、それとも尊敬に値する真の知識人とみるか、大きな興味をもつものである。

村上益子

ロランの四つの顔

ロマン＝ロランには四つの顔がある。①その一つは楽天主義者、戦闘的ヒューマニストとしてのロランであり、『ベートーヴェンの生涯』や『ジャン＝クリストフ』によって代表される。ここでのロランは現世における人間性の勝利を肯定し、人間が不滅の力をもつ不死鳥のように更生する努力をたたえている。人間は絶え間なく人生をやり直すことができる。人生は変化し、人間は発展する。人間は現世においてその能力のすべてを開花させることができる、という現実主義がここにある。悩み、闘い、勝利を占めるヒューマニストがここにある。②ところが、反面、ロランには厭世的リアリストとしての側面が対置される。『敗れし人人』や『ミケランジェロの生涯』がそれである。人間的なものを求める努力は、現実の圧政のもとでは、多くは敗北を経験するものであり、非人間的な本能が、むしろ人間的なものより、より強力であり生存力が強い。この現世では、むしろ、人間的なものの敗退と悲劇がすべてである、人間は空《むな》しい「とらわれの身」だと嘆ずるロランがここにある。この厭世的心情は、若く幼いころからの長い友人であった。しかし、われわれは、ロランの厭世的世界観への賛同のいかんにかかわらず、厭世的悲劇を描くロランが、意外と楽天的ロランより、その人生把握において、よりリアリスティックであるという事実を前にして驚かざるを得ない。楽天的ロランは、より多く理想主義者ロランの度合いが強く、現世を楽しむロランというより、意外と克己《こっき》的・禁欲的（ロラン自身による「ジャン＝クリストフ」評価。ちなみにゴーリキーもロランをそのように批評している）なロラン像が目につきやすいのである。

③つづいて、歴史家ロラン・革命運動家ロランが存在する。ロランの反戦活動、並びにマルクス主義への接近は、ロランが長く伝統的に身につけていた個人主義との対決という形をとった。同時に、歴史家ロランの目は世界情勢を前にして、その判断がきわめて的確であった。④最後に神秘的信仰家としてのロランが現われる。晩年のロランは自己の生涯を回想しながら、神秘的信仰家としての自分を、むしろ、自らの本体であると主張している。ここには、疲れた晩年の、老境にある人間の主観的感情移入という傾向もなきにしもあらずではあっても、結局、意外とこの規定づけが正しいものであるように思う。マルクス主義へ接近したロランも、たとえ個人史観（英雄史観）から、歴史必然的集団史観へと変化したとしても、世界観としては、最後まで唯物論とは異質であったと思う。ロランが絶えず主張している、二世界論、つまり「一定の空間と時間との中で私に着せている人物としての生」と「実質そのもの」であり「顔も名も場所も時代もない

『実在』としての生」との分裂、この現実界と理想界とを分裂させ対立させる方法は、プラトン以来の観念論の原型なのである！　しかもロランは、この超越的実在への熱烈な信仰に生きるのである。「われ信ず、故《ゆえ》にわれあり」とするロラン像は、ロランの生涯をまっすぐに貫いていた。その点ではロランは信仰家トルストイとまったく同質の人物であった。

ただ、レーニンがトルストイ評価についてのべたように、信仰家トルストイの世界観とかかわりなく、リアリスト、トルストイを正しく評価せねばならない。これと同じことがロランについてもいえる。さらにゆえに、その時代が、その個人に信仰を要求したのか、この点への解明も必要である。それのみならず、その人の、たとえばロランの信仰の性格がどのようなものであったのか、これへの正しい規定づけも必要である。ロランの信仰は、スピノザとベートーヴェンへの信仰であった。当然、スピノザの奥に神を見いだすのではあるが、特にベートーヴェンの場合がそうであるように、必ず人間的存在と人間的努力のかなたに神をみるといった性格のものであった。ロランの神への信仰は、必ず「人間信仰」を介して成り立つものであった。だから、一般に厭世主義者が現世のすべてを暗黒と嘆じたまま、いきなり彼岸《ひがん》の神に逃避するといった性格の信仰ではなく、ルネサンス人のように十分現世を肯定したうえで、その努力の「最後の仕上げを神に」（シェークスピア）求めるといった種類の信仰であった。神とは人間的努力の完成像であるといった、つまり人間の理想的完成像が神であるというフォイエルバッハの造神信仰にも通ずるものであった。人間の能力をさらに拡大した形で実在させ、その能力の勝利を願うギリシア神話にも一脈通ずるものであった。

スピノザは一方では神学を合理主義へと転化させる峠の役割を果たし、その汎神《はんしん》論はもう少しで唯物論の戸口へと迫っていた。しかし、反面、このスピノザは神に酔う人でもあった。ロランはこのスピノザの矛盾をいっそう拡大された形で生きるのである。ロランの楽天主義は唯物論ととびらを等しくしていたが、反面ロランは「合理主義者としてのスピノザではなく、実在論者としてのスピノザ」に酔う人物であった。ロランは、ゲーテと同じくスピノザの汎神論から唯物論を指向しつつも、結局は神への信仰に酔ってしまうのである。汎神論というものが、本来、半神半人の性格のものであったから、ロランもまた、生涯を通じて、このあいまいな二重性に生きる結果となってしまうのである。人間界と超越界（神の世界）とに住む世界がたとえわかれても、ロランはともに信ずる人の姿勢でこれを生きた。ゴーリキーは「世界と人間に対するロマン＝ロランの不抜の愛情に驚かされる。彼が愛の力をかたく信じているのをわたしはうらやましく思う。」といっているが、確かに、ロランには対象が神であれ、人間であれ、それを信じて動じない姿勢がある。

もちろん、ロランの実在信仰にも進歩退歩の波がある。同じ汎神論でもレーニンに共鳴し現実世界の位置を強調する場合と現実をすべて「幻」とみるインド思想との間にはかなりの幅がある。その中間に『シェークスピアの夢』とか『リリュリ』にみられる主観的超越と逃避のイロニー的態度があり、ロランはそれらの間を絶えず動揺していた。

ロラン研究の視点

これら四つの側面が、ロランの全生涯、全作品を貫く四元素なのである。といっても、これら四つの元素は、それぞれ二つずつ親近性をもつものなのである。厭世主義と神秘主義（形而上学的神秘家）、楽天主義と革命的世界観（革命的現実主義者）とはそれぞれ一組をなす。だから、大別すると現実主義者ロランと信仰家ロランとに分類することができよう。ロマン＝ロランの全存在は、この二つの傾向（四つの元素）の適度の混合体であり、さまざまの量関係での配合の妙味なのである。さきに引用したように、ロランは「いつも並行的に二つの生《せい》を生きてきて」いた。その一つは時間的・空間的に、具体的に「人物」として存在する生であり、もう一つは「顔も名も場所も時代もない『実在』の生」である。現実的生と形而上学的生といってもよい。ロランは、この二つの生の配合の量関係、というより相互にどちらが他に対して中心をなしたのか、という事情を適切にも次のようにいっている。

「子供時代と青年時代には、第一の生（現実的生）が第二の生（形而上学的生）を当然おおっていた。ただ時おり、いくつかの突発によって後者が湧《わ》き出る水のようにほとばしり出た。しかし、それ以後には逆に第二の生が第一の生をおおい、晩年には常に、普遍的生との直接的な交わりの状態に達していた。」と。

つまり、晩年に達するにしたがって、ますます現実的生に密着する状態を脱して、形而上学的生の側から現実と交渉する態度へと変身していくのである。晩年、革命運動に参画し、マルクス主義との接触を最も多く保った時期に、世界観的には、むしろ、かえって逆の形而上学的神秘主義に近づいていたのである。しかし、だからといって、ロランの現実洞察の態度があいまいになったというわけではない。ロラン自身この二つの生のかかわりあいを批評して「たぶん形而上学的立場では私はいろいろ幻想（迷いの夢《イリュージョン》）をもっている。しかし人々と諸事実との領域では私に幻想はない。厳格な学者たちの、厳格な学校での歴史学——私が責任を引き受けている私の専門の技《わざ》——において私が学びとった一つの展望は、個々人と諸国民とについての仮借《かしゃく》のない、そして精確な展望である」とのべている。確かに、ロランの世界観、その形而上学的態度は、きわめて幻想曲風《よう》で観念論的なものであった。そのロランの世界観そのものについては、のちほどくわしく研究するとして、ここでのべておきたい点は、ロランの神秘的直観には、意外と厳格な現実洞察のリアリズムが同居していたということである。その神秘的形而上学の世界観にもかかわらず、歴史家としての、文学と芸術の評論家としての鑑識眼・洞察力は第一級のものであった。また、創作家としてのロランは、その創造的意欲を「生の哲学」に依拠させ、世界観的には、きわめて非合理的な「生命の流れ」へと作品を導いてしまうのであるが、その中に、意外とリアルな洞察力が光っているのである。また、実践家としてのロランは、その判断の的確さという点に関して、第一級の知識人であった。われわれは、ロランの思想を把握するために二つの座軸をとり出してみようと思う。その一つは、神秘主義と唯物論とを対比させる軸である。もう一つは、真理の姿を普遍性の形で認めようとするタイプと個別性の形で認めようとするタイプとの対応軸である。ロランは、ベートーヴェンを、普遍的イデーに向かって集中する人物とみて、これに対して克己的に同化しようとつとめた。反面、ロランには、祖父から受けついだ「無分別《フォリー》」とすらいうべき、現象肯定の大胆《だいたん》さをもちあわせていた。「コラ＝ブルニョン」から「シルヴィー」に至る現世的本能主義者の像がここにある。ロランには、性格的にいって克己的厳格主義者として、普遍的なモラルに向かって自己を同化させるべく奮励努力にこれつとめるという側面と、楽天的にあるがままの本能を肯定し、これを享受《きようじゆ》するという側面とが同居していた。しかし、どちらかといえば、いうまでもなく克己的禁欲主義者としての像が中心の地位を占めていた。ロランは結局は普遍的なものに向かって精進するモラリストであった。ベートーヴェンに共鳴したロランは、やはり、普遍的なものに向かって心情を広げていく姿に共鳴したのである。個々ばらばらの人生経験としては、「コラ＝ブルニョン」と同じように人生を享受する態度をもってはいたが、この個別者としての人生体験を人間完成の理想として完成させるというところまでは達しえなかった。個別者として個性を完成するという態度は、普遍的なモラルに向かって自己を向上させるという態度と正反対である。ロランは、これをクリストフとグラチアとの対立という形で描いた。ロランにとってもグラチアはソフィーアという女性をモデルにする憧《あこが》れの対象であった。だが、結局、ベートーヴェンに心酔したロランは、現象より本質を重んずることとなってしまい、現象的存在者としての自己を完成させ、個別者としての自己を美的にも完成の域にまで高めて、これを享受するといった態度に徹することはできなかった。個別者として自己を完成させ、この自己完成を自ら享受しこれと戯《たわむ》れる、この境地に生きた典型はモーツァルトである。モーツァルトは、死のまぎわまで偶然依頼された「レクイエム」を作曲していた。そして、実際の死がおとずれたとき、最後に「これはぼくのために書いたんだ。いつも、そういっていただろう。」といい残して死んだ。この神にささげるべき曲を「自分のために書いた」といいきるエゴイズム、このモーツァルトの最後の言葉ほど彼の本質をいいつくしたものはありえまい。モーツァルトは、個別者としての自己をあるときには普遍者に背を向けてまで発展させ、その発展の中で不遜《ふそん》にも普遍者と戯れさえしたのである。この邪気なき本能の戯れは、同時に、人間モーツァルトの自由の軌跡でもあった。

生《き》まじめなロランは、結局、生まじめなベートーヴェンを選び、モーツァルトのようなモラルを無視する不遜さには到達しえなかった。同時に、個別者としての自己を人間的に完成させ、そのふくよかさを積極的にとり入れるということにおいて、あまりモーツァルト的ではなかった。ロランは結局、いざとなると普遍のために個人を犠牲にする神に忠実だった。

われわれは、この二つの軸、つまり、神秘主義と唯物論という軸と、ベートーヴェン的なものとモーツァルト的なものという軸との交点に、ロランの四つの元素がどのような配合の多様性を発揮するか、それをみていきたいと思う。

村上嘉隆
村上益子

目次

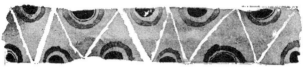

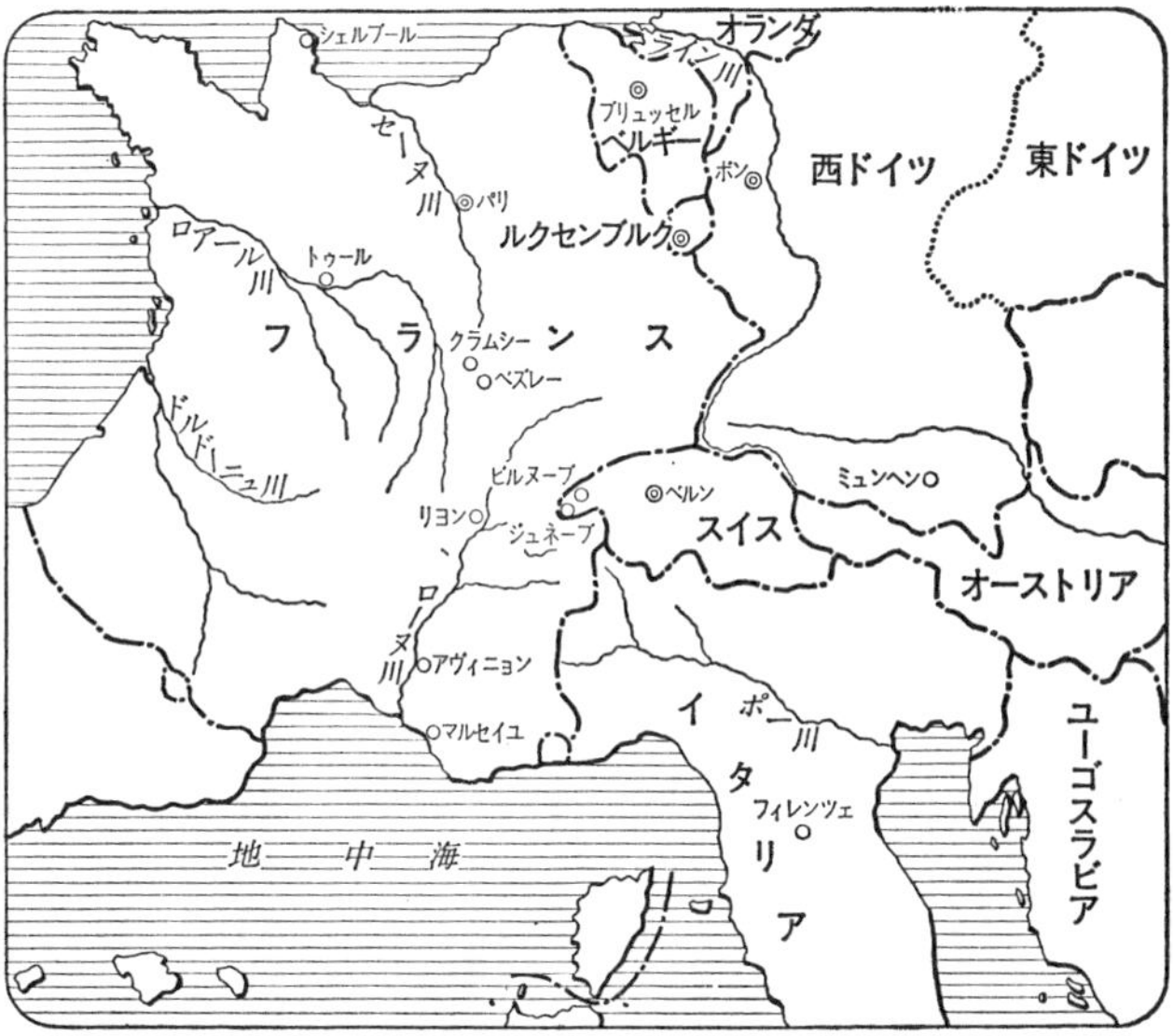

シェルブール
オランダ
ライン川
ブリュッセル
ベルギー
ボン
西ドイツ
東ドイツ
セーヌ川
パリ
ルクセンブルク
ロアール川
トゥール
フ ラ ン ス
クラムシー
ベズレー
ドルドーニュ川
ビルヌーブ
ベルン
ミュンヘン
リヨン
ジュネーブ
スイス
オーストリア
ローヌ川
アヴィニョン
マルセイユ
イタリア
ポー川
ユーゴスラビア
フィレンツェ
地 中 海

ロマン＝ロラン関係図

I　ロマン＝ロランのおいたちと生涯

マズレールによる
デッサン

家系の木

ロランを生んだ家系

ロランは一八六六年一月二九日、フランス中央部のブルゴーニュ地方、ニヴェルネー県クラムシーで生まれた。古い小さい田舎《いなか》の町である。父方のロラン家は五代続いた公証人の職業であり、母方のクロー家は初めは農業、次の四代は鍛冶《かじ》師、次の三代は公証人であった。父方の家系の気質は、楽天的で陽気で、健康に恵まれている。これに対し、母方の家系は、生まじめな気質をもち、「人生ははかないものだ」ということを忘れることができず、そしてほとんどだれもが気管支が弱かった。ロランは、この二つの家系のうち、母方の家系の気質をより多く受けついだのである。ロランは気管支の弱い体質を受けついだうえに、さらに乳児のときに女中の不注意で一時間近く寒気にさらされ、生命をおびやかされたことがあり、ロランは一生を通じて気管支炎と呼吸困難に悩まされたのである。ジャン＝クリストフのような力強い生命力は生涯を通じロランの憧れであり、実際のロランは病気と闘うロランであった。

ロランの父方の家系は、しかしけっしてロランと無縁ではない。小説『コラ＝ブルニョン』のモデルは実際の身内に存在している。ロランの父がそうであり、いっそう勇ましいのはロランの曾祖父《そうそふ》ボニアールである。

ロランの父、エミール＝ロラン

父方の家系の人物すべてがもっている一つの特徴は「気ごころのよい親しみやすさ」であり、ロランの父はその最適例であった。彼はロランの教育のため、有利な公証人という職と、広い知人を捨て、パリで一生窮屈な生きがいのない、自分と合わない仕事に甘んじた。しかも、毎年母と子供たちを田舎でふた月過ごさせるために債券を売った。そのおかげでロランは窒息しそうなパリをしばし離れて自然の恩恵に浴すことができた。そのうえ、妻とは性質がまったく似ておらず、子供たちは、その「心の最善の愛情」を母にささげたため、生活の労苦が家庭の幸福によって償われたわけでもなかった。にもかかわらず、彼は一生をすばらしいきげんで暮らしたのであった。ロランは父について、「私が書いたあのコラ＝ブルニョン親方みたいな満足の精神と、人生への幸福な順応力とをもちつづけることができた。」と語っている。彼のもつ「飛び跳《は》ねる大きな犬がもっているような生来の無頓着《とんちゃく》さ」については、空襲のときも変わらなかった。地下室に避難したとき「彼があんまり陽気にしゃべりやめないので、私の妹が父に向かって笑いながらこういったほどであった――『パパ、さあ黙《だま》ってください！　爆弾の音が聞こえませんから！……』」このようにロランの父は典型的なゴール人であった。

10歳のロマン＝ロラン

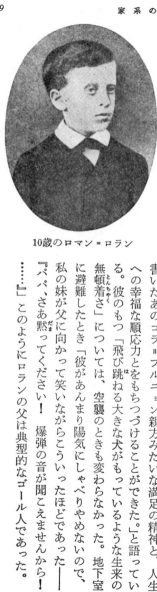

曾祖父ボニアール

曾祖父、ボニアール

ロランの父方の家系でその特徴を遺憾《いかん》なく発揮し、しかも最も傑出した人物はこのボニアールであった。ロランはこの「べらぼうなお祖父《じい》さん」について誇らかに次のようにのべている。

「彼の姿は、ロラン家の人間を、しだれ柳の型の、顔色の蒼白《あおじろ》い、理想主義の、厳格主義の、厭世《えんせい》派のタイプに定めて考えている善良な読者たちをいささか困らせるだろう。」

彼は、陽気で、頑丈《がんじょう》でものすごい精力家であって、人生の「二人まえ、三人まえを自分で自分に提供」するたぐいの人間、つまり、「人生の大食漢」であった。さらにこの人間の威勢を倍化させるものは彼が若いとき加わったというフランス革命であった。当時、彼は裁判所の書記をしていた。革命後、彼の父および彼は、地方都市の市長をつとめ、帝政によって職を追われている。彼は「革命の赤い数年間」熱烈な恋愛をし、三年がかりで「恋人を『野蛮な』一家庭および彼女の思惑から奪い取って」結婚している。彼は、理想化された形でのフランス革命の闘士というわけではなかったが、疑いなくフランス革命的人間であった。彼は「発明の才に富み、活動的で、のらくらと歩き回ることが好きで、またコラの友の司祭のように頑丈《がんじょう》な体軀《たいく》で、またそのように飲み食いを好み、口論好きであった。」

彼は貧乏をものともせず、好きな宇宙探求や測量に熱中している。自分の発見に熱狂して、こともあろうにローマ法王に意見書を書いたりもする。彼の生涯をいろどるのは、あくことのない科学的好奇心であった。また彼は、あるとき「県の司法官や名だたる連中と食卓をともにし、たっぷりごちそうを食べたあとで自分のヴァイオリンを手に提《さ》げて外に出た。そして彼の客であった弁護士、検事のめんめんを従えて、踊ったり歌ったり――ルイ＝フィリップに敵対の歌だった――しながら数キロメートルの道のりをビリエ・シュール・ヨンヌまでねり歩いた。」ルカーチは、『コラ＝ブルニョン』においてロランが「自然のままの人間的豊かさをもった具体的な民衆」の性格を描きえたことを高く評価しているが、このボニアールは長所も短所も含めて民衆的楽天主義、または自然的・土着的楽天主義に生ききった人物であった。

母方の祖父、エドム＝クロー

エドム＝クローは、ロランの子供のときよく過ごした「図書館」、ロランにとっては「夢の城」の主《ぬし》である。彼は一八一五年に生まれ、一八三四年に大学入学資格者として単身パリに行き法律を修め、弁護士になるために一〇年パリにいた。しかし、クロー家の人間は人生の闘いには無器用で、彼も自分の実力や資格に相当する地位をパリで得ることができず、地方の公証人に落ち着いたのであった。ただし、彼は愛情に満ちた幸福な家庭をもちえた。彼は世俗的に得られなかったものを、常に精神生活の豊かさで取りもどしている。五三歳で職を退いた彼は、その後二五年間「書物の城」の中で幸福に過ごすのである。ロラン一家とパリに行ったときは、たちまち新生活に順応しパリの大学や博物館の中で時を過ごした。彼はこの喜びを他人に分かつために、クラムシーに一八七六年「科学・芸術協会」を創立し、その最初の会長となっている。

ロランの母、マリー＝ロラン

ロランとその母とはまったく一心一体であった。二人そっくりな音楽的情熱、そっくりな信仰深い性格、そっくりな正義感、等々。世にこれほど仲睦《なかむつ》まじい親子はまたとないのではないか。わが国でも一人息子《むすこ》に熱中する母親というのはたくさん見られる。しかし、息子と最高の友人であり、息子の作品を第一に読ませられ、最初にそれを理解する母親は、安易にして成り立つものではない。戦時におけるロランは、その戦争反対の言動ゆえに国じゅうから敵視され、攻撃された。その時、ロランの主張をまっさきに支持し、加えられた攻撃にロラン以上に苦しんだのがロランの母であった。これは、女性が母性愛という度合いをはるかにこえて、一人の人間として偉大でなければできうることではない。ロランは、内面の旅路で、この母のことを次のように述懐《じゅっかい》しているが、けっして誇張ではない。

「母が私を作った。それは私を産んだ日だけではなく、彼女の死ぬ日まで、母は私を産みつづけた。なぜなら母は、私の思想のことごとくを生きたのではないにせよ、私の感じた感動《エモシヨン》のことごとくを感じて生きたから。私の感動のすべてが母にも分けもたれた。私の感動を母にも伝えたいと私が要求するまでもなく、私の感動は母の心に共鳴を起こした――私のすべての歓喜、私のすべての苦悩が――とりわけ私のすべての苦悩が。そして母の死後にさえ、私たちは（母と私とは）それらをわかちあっている。」

そして、ロランは母から第一に何を受けついだか。彼の言葉が適切にそれを語っている。

「母は心情の抵抗力の具現であった。この力は、一世紀このかた母の家系クロー家の辛抱《しんぼう》づよい憂鬱《ゆううつ》の中ではぐくまれてきたものである。愛情と純粋さと誇りによる抵抗。世間と人生の虚偽・不正・低劣に抗する抵抗。そして熱烈な心情にとってはこのうえもない不正、大きな低劣として感じられる敵、すなわち≪死≫に対する抵抗。」

これらの特徴は、彼女の家系、クロー家の特徴である。地方でずばぬけた優秀な学業成績を示すロランをパリに移そうという決断と情熱は、母親がもち出したものであった。ロランは感嘆をこめて次のようにいう。「フランスでは女性の力強さ《エネルギー》が常に女性の法律上の劣位を補正してきたのである。」と。

パリに植えかえられたロランは、今までのいっさいの均衡を失ってしまい、ついでに母ゆずりのカトリックの信仰をも失ってしまった。しかし、幸運なことにこの親子は、音楽というもっと強い信仰で再び結び直されてしまう。都会の疲れた一日の営みが終わると、ロランの弾《ひ》くピアノの音の中で二人の魂は交わりあうのだった。ローマ留学中は、ロランは母あてに毎日手紙を書いた。ロランがクロチルドと離婚し、作家として世に出るまでの最も孤独な一〇年間、苦楽をともにしている。『ジャン＝クリストフ』『ベートーヴェンの生涯』『ミケランジェロの生涯』などが書かれた時期である。「自由な創造の力が、母の愛の心に支持されながら働いた。私の書くものは、どれも皆、世に出るに先だって、私の母と妹とを最初の読者とした。」

ロランの母は、ロランの晩年には、ついに仲のよい兄妹となってしまう。『魅《み》せられたる魂』における最後の二、三巻の母と子の兄妹的関係は、ロラン親子をモデルとしたものである。『魅せられたる魂』の中で、ロランは理想の女性像を追求したともいわれているが、ロランの母も明らかにその一端に参加しているのであろう。

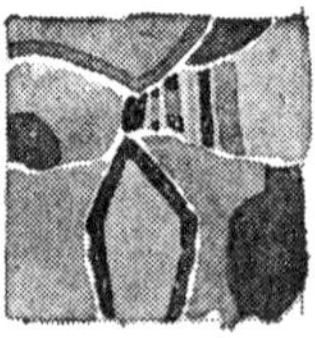

修業時代

ロランの教育に賭《か》けた一家　一八八〇年、ロラン一家は、ロランの教育のために快適な田舎の生活を放棄し、パリに移住した。ロランの父母、妹のほかに母方の祖父エドムもいっしょであった。父は田舎での有利な職と友人を捨て、祖父は彼の《書物の城》と別れ、皆が田舎の自然の富と別れを告げた。これは同時に弱々しいロランに、皆の犠牲にこたえ、秀才コースを歩み、しかるべき地位に到達せねばならないという義務を課した。ロランは、ゾッとするようなむずかしい試験の悪夢をいくつも通り抜けなければならないのであった。まずエコール－ノルマル（高等師範学校）の入学試験、学士試験、教授資格試験、……「おお、ぼくはこれらすべての試験をどれほど嫌悪しているか。」ロランはこれらの試験のためにその青春をすっかり犠牲にしてしまったのである。これらの試験の行列は、芸術家ロランにとって必ずしも有益ではなかったのであろう。だれもが羨《うらや》む学者としての大学の地位も、作家ロランと矛盾するものであったからである。今日、もしそうしていたら非常に興味深いものと思われる音楽家ロランへの道も、この家族への義務のために果たされずにあきらめられているのである。ロランは一九一二年、四六歳にしてようやく大学から解放されるのであるが、人生五十年とはいわないまでも、人生の盛りをこした年であり、寒々とならざるを得ないのである。確かに一家がパリに移住したのは、賢明であったが、彼らとてそれ以上どうしようもなかったのであろう。

シェークスピア

受験生ロラン

ロランは、困難な試験で聞こえるこの学校の入学試験に二度まで落ちている。第一回目は一八八四年、一八歳のときである。ロランは、ベートーヴェン・ベルリオーズ・ワーグナーに熱中し、さらにシェークスピアのために彼の「いちばんよい部分」をささげてしまったためであった。二回目は一八八五年である。ロランはその年の三月にヴィクトル＝ユゴーに面会し、五月にユゴーは死んだ。その死にあまりにも気を奪われたロランは、八月の入学試験に失敗した。

「今日では、私はそのことを嘆《なげ》きはしない。私はより成熟してそこにはいった。そしてシェークスピアとユゴーのために私が失った時間は、生涯を通じて得をした。」

三回落ちると受験資格は失われるという制度であったので、三度目はロランも必死だった。「もう一度しか受験できない。……私はいっさいの欲望、いっさいの夢を踏みにじる。歯を食いしばる。」

一八八六年ついに合格した。故郷に帰ってみると街《まち》の壁には同郷人ロランの合格を祝うポスターがはられていた。

エコール＝ノルマル時代

ロランが選んだ学科は史学であった。ロランはほかに文学または哲学にひかれていたのに、なぜ史学を選んだのか、彼自身の日記には次のように記《しる》されている。

「一、哲学の教授はオレ＝ラプリュヌとプロシャールである。史学の教授はギローとモノーである。いまの大学では、史学教育をつかさどっている精神が、すべてのうちで最も自由である。エコールおよび教授資格試験において、哲学の審査委員会を支配している精神は、精神主義ないし理想主義的な——すべてのうちで最もいやらしい——虚偽を強要する。

二、ぼくの頭のなかにはぼくの理性がよりどころとするに足るだけの体系ができているので、ぼくはただもうそれによって生き、ぼくの生《せい》を豊かにし、時間と空間のなかを旅するばかりになっている。

三、抽象的な世界の中で凍《こお》りついてしまうことを恐れる。ぼくは歴史学にぼくの哲学的資質と文学的感覚とを適用することができる。

四、哲学では外国へ派遣される機会をほとんど得られない。ところがぼくは旅行がしたい。

五、哲学畑では昇任がおそすぎる。パリはどこでも若い教授たちでいっぱいだ。ぼくは片田舎《かたいなか》にじっとくすぶっていたくない。」

史学科を選んだロランの動機は手にとるようにわかる。四、と五、には、若者らしい生き生きとした打算が感じられて興味深い。二、の理由をみると意外とロランの哲学観が暗示されていて、これもまた興味深い。哲学とは不断に理論の創造に賭けていく世界であって、生きるための確信ができたから、もはや不要だという性格のものではないはずだ。哲学はけっして生きるための信念につけ加えられた説明書ではない。ロランが若くして、生きるにたる体系をつくりあげたと書くとき、若い者のみがもちうる哲学的傲慢《ごうまん》さとおそらく生涯変わらなかったであろう頑固《がんこ》さを感ずることができる。結局、ロランは理論の創造で人生を切り開く人ではなく、感覚的心情のもつ信条に賭ける人であったのであろう。三、の理由をみるときそのことが最もよくわかる。

学生時代のロラン

「エコール－ノルマルはユルム街にあり、厳格な寄宿制度をもち、まれに芝居《しばい》を見に行くか日曜日の昼間の外出しかゆるしていなかった。」「高尚な知識修道院という趣をそなえていた。」「三年間の学寮生活は無料である——そして卒業すれば教職が確保されている。」ロランは、このエコール－ノルマルを「ユルム街の僧院」と呼んでいる。「厳粛で陶酔的な知性の競技の三か年で、精神は後見人の手をのがれて発見に驀進《ばくしん》するので——学士試験や教授適格試験などの衒学《げんがく》的な試験に反抗を覚えたが、一年生と三年生とはそれを受けなければならなかった……しかし二年生はなんという天国だろう！欲することを自由に考えればよかった……それ以上に純粋な幸福が存在するだろうか？」ロランは、自習室の一つにピアノを持ちこみ、休み時間にはいつもそこになん人かが集まるようになり、ちょっとした噂《うわさ》になった。ロランはパリで催される音楽会にも熱心に通っている。音楽会は、常にロランのピアノの先生であった。ロランの音楽ずきは、彼の恩師から、からかわれたり忠告されたりしている。ジョルジュ＝ペローという教授からは、音楽は慰めにはなるが、慰めがいるようではだめだといわれ、ヴィダル＝ド＝ラ＝ブラーシュ教授は「神経の流体を消費しないように」といったという。ロランはこの忠告をもっともだと思ったが、しかし聞き入れなかったのである。

歴史学生としてのロランは、「歴史の中に主として魂の研究、精神の解剖分析」をみようとしていた。この方向は、後年のロランの伝記物、革命劇などの仕事を暗示するものであろう。教授たちは、ロランをよく理解し、忠告を与え、そして寛大であった。ロランは、『回想記』の中で彼らが「素直《すなお》に、大胆に妥協しないで」青年たちを導いてくれたことに感謝を表明している。「歴史では、ポール＝ギローの男性的な批判力、高潔なガブリエル＝モノーの広範な知識と公明正大、地理学に新しい道を開拓したヴィダル＝ド＝ラ＝ブラーシュの天才、文学では、ブリュンティエールが偉大な三世紀のフランス文学の攻撃的な研究において振りかざした愛と憎しみの炬火《きよか》と不当な情熱、ツールニェとヴェイユの誇りをもった洗練したギリシア研究」……などをロランは賞賛している。

ロランが、エコール－ノルマルにはいるとき、同行した二つの重要な思想がある。それは、トルストイとスピノザである。人間に対する不信が一般的である世紀末のフランスで、トルストイのヒューマニズムは、北の空に輝く星であった。ロランは、トルストイの『戦争と平和』を読み、もう一人のシェークスピアの発

トルストイ

見だと感じ、「大地の息吹《いぶ》き」を感じる。ロランはこの小説をたずさえて、ユルム街の僧院にのりこむのである。トルストイは、エコール＝ノルマルの学生たちをも、党派を問わず魅惑《みわく》した。トルストイがロランに及ぼした影響は「美的にははなはだ強く、道徳的にはかなり強く、知性的には皆無である。」美的な影響とは、トルストイの小説が示す力強い叙事詩の息吹きであった。これは、ロランの小説に手本を示した。道徳的な影響とは「人々に対して芸術がもつ義務と責任」についてである。ここに一つトルストイの道徳的影響を示す実例がある。文豪トルストイは、無名の学生ロランの手紙に返事を書いたということである。ロランはこれに深く感激し、ロランもいかなる無名の人にも返事を書こうと決心し、それは生涯を貫いて実践されたのである。

一方、僧院の外は、軍国主義の無気味な足音を示す事件（ブーランジェ事件）が青年たちを威嚇《いかく》していた。フランス共和制をおびやかす国粋主義者たちの軍国主義勢力が徐々に擡頭《たいとう》しはじめていた。一八八九年は、またフランス革命のちょうど一〇〇年目であり記念祭が盛大に催されている。ロランは、それを目のあたりに見て、日記に、

「ぼくは自分がフランス人であると感じるより、より多く共和主義者であると感じる。ぼくはちょうど

自分の生命を『神』にささげるように、自分の祖国を共和国にささげるであろう。——ぼくはやがて全世界を包含する未来の理想的共和国を信じる。」

とのべている。

ロランのこの共和国の理想には、ヨーロッパではじめて共和国を建設したフランスの誇りが鳴りひびいている。第一次世界大戦中、平和主義のゆえに国粋主義者たちから「売国奴《ばいこくど》」とののしられながら、ロランは変わることなく共和国フランスの熱烈な愛国者であった。われわれは、ここにフランスのように近代革命を典型的に行なった国と日本とのちがいをはっきりと感じることができる。フランスでは、「祖国」という言葉は、必ずしも時の政府が支配している国家を意味していないのである。ブルジョア国家では、共和国という理想的共同体は、実際には幻想であるが、にもかかわらず、その幻想の根強さにわれわれは目をみはらせられる。やがてロランは、この理想の実現の夢のにない手を社会主義の中にみるようになるのである。

ローマの春

一八八九年、エコール－ノルマルを卒業したロランは、二年のローマ留学の幸運に恵まれた。ロランは、「バチカンの古文書館で、フランソワ一世と聖座（ローマ教皇）との関係を研究するように命ぜられた。」ロランはこの公式の義務は義務で果たしたが、残りの時間はまったく自由に使った。ローマは、知的にはロランにたいした贈り物をしなかったが、かわりに、愛と失恋の悩みを与えた。

さらにイタリアの太陽は、ロランの今まで知らなかった「偉大な静けさの芸術」（ラファエロ）の魅力を贈っ

ラファエロ「大公のマドンナ」

た。イタリアの美しい自然は、不健康なパリとちがい、存在そのものが「調和」に輝いていた。ロランは、イタリアの自然を愛し、むさぼるように歩き回った。「そのころ私が穀倉に収めたものは私の生涯をずっと養った……私の全生涯はその調和にしるしづけられた。……光と線とのこの音楽は、それ以来、私のいちばん暗い日々の底でさえ歌いやめなかった。」

イタリアでのロランは、ベートーヴェン・トルストイ・ミケランジェロをさしおいて、何よりもラファエロに熱中する。ロランは、イタリアで初めて、絵画が音楽にひけをとらない芸術であることを実感する。ロランは、モーツァルトでさえもラファエロには及ばないことを認める。北欧の芸術家にとってイタリアは、非常に重要な意味をもっている。ゲーテはイタリア旅行の結果、古典主義者となった。ロランにいたっては、まさに青春の時期であったので、〝南の国の君〟は、現実的に憧れと悩みの対象となって存在した。ロランがジャン＝クリストフのイメージを心にいだき、芸術家になるかたい決心をかためたのはイタリアにおいてである。そしてロランの芸術家志望を支持してくれた老マルヴィーダとの友情が確立したのもこのイタリアにおいてであった。

ロランの結婚と離婚

クロチルド＝ブレアル　一八九一年七月イタリア留学を終え、帰国したロランは、翌一八九二年四月に、クロチルド＝ブレアルと知り合い、一〇月に結婚した。クロチルドはコレージュ＝ド＝フランスの言語学教授ミッシェル＝ブレアルの娘であり、イスラエルの美しい乙女《おとめ》であった。コンセルヴァトワール出身のピアニストであり、セザール＝フランクのピアノの弟子《でし》でもあった。クロチルドの父は高名な学者であり、合理主義者・懐疑主義者であり、自由な、偏見にとらわれぬ精神に富んでいた。ユダヤ人であるがゆえに、かえってカトリックのフランス人よりも自由な精神をもっていたらしい。ただし、生活環境はロランの生まれた環境と大いに異なっていた。クロチルドの生活は、父ブレアルによって、「最高学府にぞくする、聡明《そうめい》で、安楽な上流ブルジョワの社会環境であり、また家族関係から、大銀行・アカデミー関係の会員、政界・実業界などのユダヤ人の社会に結ばれていた。」

ロランとクロチルドの結びつきには、このようにはじめから異質のものを大いに含んでいたことは明らかである。しかしロランと結婚したころのクロチルドは、ロランによると「母の死と、彼女にとって偉大な高

クロチルドとともに（新婚旅行）

潔な友であったセザール＝フランクの死にうちひしがれていました。彼女は自分のおかれた偽善的な環境にふかく苦しみ、このうえなく真摯《しんし》に、このうえなく仕事と内省の生活を願っておりました。」

この時のクロチルドは、理想主義者ロランに同調していたのである。さらに、音楽が二人の愛の確信をゆるぎないものに思わせたのであった。結婚したはじめのころ、博士論文の資料の採集をかねてローマに行ったころ、二人は幸福の絶頂にいた。博士論文のテーマは「近代叙情劇の起源——リュリーとスカルラティ以前の、ヨーロッパ-オペラ史」であった。この研究は、「フランスの音楽研究において画期的」なものであり、大学教育に音楽史を導入する最初のものとなった。音楽家クロチルドは、ロランにとって有能で献身的な助手であった。この幸福はクロチルドが自分とは異質のロランの理想主義への尊敬が存在する間、また文学博士ロランが導くであろう名声に期待している間つづいた。

「私の結婚と二人で希望をいだいていたはじめの幾年かは、生きることは悪くなかった。小さな歓《よろこ》びや、失望や、哄《わら》うべき、あるいはおかしい、ときには悲しいその日の経験を兄妹のように話し合うのだった。私たちはまだ同じ目で世の中を判断していた。そして私の妻は観察と心理解剖の天分をもっていて、それが私のそれと一致し、またそれを補った。彼女の合理主義教育からきた懐疑主義が、私の生活を支配していた憧れと神秘的直観の世界の戸口で停止していたにしても、彼女はまだそれに対して、尊重と敬意をもっていた。それは精神の狂気の一つで、彼女にとっては不快なものでなく、彼女に信用を与えるものだった。金めっきの平凡さと勤勉な薄明かりの歳月は成功に向かうために必要な一つの段階だと彼女は考えていたが、しかしその段階が短いことを彼女は欲した。そして演劇へのはなばなしい進出――それはもう期待していなかったので――ができないとしても、文学博士の学位が名声への扉《とびら》を開くだろうと想像していた。」

妻の家族から孤立するロラン

ロランは一八九五年、二九歳にして文学博士号を得た。九三年からロランは、パリのリセ（中学・高等学校）で教師をしていたが、ついに母校の芸術史の講師になった。しかし、博士になることや大学講師の職は、ロラン自ら望んだものではなかったのである。博士論文は、クロチルドの父の強いすすめによって書かれたのであり、大学の教職につくことはロランがクロチルドと結婚するとき彼女の父が出した条件であった。ロランの論文は優秀な成績で通過したのであるが、……「しかし私たち、私の愛妻と私は、リュクサンブール公園をよこぎって帰宅したときは、すっかり悲しく疲れていた。博士号というのはそんなものだったのか！　六時間にわたる空虚な討議、なんの意味もない、的外《まとはず》れの議論……ローマの静寂の中で、泉水の音のなかで、新しく発見した音楽の歓びと、そうした職業的論争とは、なんとはなれていることだろう！……」とロランはのべている。

クロチルドも、名声を期待したのではあったが、「ところがその名声というのはきわめて限られた学者の社会をこえることはありえなかった。そして——あまりにも早く——そのことが彼女にわかったときに、それは彼女にとっては一つの失望となった。いっこう実際的でない芸術への私の夢はその償いにならなかった。彼女はもはや私とその夢を同じくしていなかった。」

芸術家ロランは、劇作から出発していた。一八九〇年に『オルシーノ』、九二年に『カリグラ』『ニオベ』、九三年に『聖王ルイ』、九五年に『アエルト』、九八年に『ダントン』を執筆している。これに対して妻の家族たちは、「大学における私の職業の堅固な地盤に身をかためるように私を推し進めながらも、私の新しい家庭は、演劇への私の空想の賭《かけ》に運をためすことを禁じはしなかった。むしろ私が望んでいた以上に私をせきたてた。」彼らは、ロランの作品が上演されるように奔走さえした。しかし、まだ未成熟の「やっと離乳したばかり」の作家のデビュー作の舞台を国立劇場以外に考えなかったので、皆体《ていい》よく断わられてしまった。

ロランが芸術家として世に出たのは、結婚後一〇年以上ののちの四〇歳前後のときである。ロランは、あとでこの長い孤独を強《し》いた世の中にむしろ感謝している。「芸術家はその発達の極限に達するまで一人でいることが好ましい」とのべ、早くから世に出ることが芸術家の卵にとって危険であることを警告している。

この孤独の年月をたえ抜く力をロランはもっていたが、妻と妻の家族はそうではなかった。ロランは、奔走してくれる家族の援助に「感動したが、恥ずかしくもあった。というのは、成功を自由にできる人々のお世話になるということは私の誇りではなかったからである。」世間の無視は、実際にはロランの成熟を守る厚い壁だったのだが、敵は壁の中にいたのである。「自分を防ぐことは容易でなかった――敵に対しては、なんでもないことだろう！――だが、自分を愛する人々に反対しては。そしてとうとう彼らは自分の心配や熱を私につたえはじめた。われわれの青春とそれらの日々を楽しむために、私たちは用いたかった、私の妻と私の若い日々を、それらの心配と熱がいかに蝕《むしば》んだことだろう！『ニオベ』のあとで『聖王ルイ』が書かれただけでは足りなかった。それを読ませること、それを出版することが必要だった。作品が受けいれられるまでに、幾月も幾月も、果てしなく待たなければならなかった――そしてひとたび受けいれられると、出版されるまで、幾月も幾月もまる一年もかかった。それが出たときには、もはやなんの歓びもなかった。待ちくたびれて、よその作品のように思われ、すでにずっと遠くにいた！」『聖王ルイ』は一八九三年に書かれ、一八九七年にやっと発表されたが、その年は「家庭では内面的な離婚のはじめだった。それはお互いの愛情からなお四年おくれて、一九〇一年のはじめに、別離に終わらざるを得なかった。」

さらにロランが、劇作の題材としてフランス革命に熱中しすぎることに対し、義父のブレアルは愛情こめて忠告したことがのべられているが、これはロランの家族内の思想的孤独をも示している。『敗れし人々』のベルティエの苦悩は二重である。革命の中の「正義」に悩み、妻の冷淡と無理解に悩むベルティエは、現実のロランがモデルである。

クロチルドに対して、ロランは愛情を捨てきれずに悩んだため、離婚にいたるまで長びいたのであった。

クロチルドは、のちにピアニスト、コルトーの妻になった。お互いの自由のための離婚とはいえ、ロランの傷は非常に深いものであった。ロランはマルヴィーダに「最もこまやかなきずなで結ばれていた魂を、私が範を示すことにより、私の思想によって救うことさえできなかったと思えば大きな悲しみです。」とのべている。しかし、「人間よ、自分自身を救え」というベートーヴェンの言葉を書くロランが、自分以外の人によって人間が救われると考えるのはおかしいと思われる。救い主が、たとえロマン＝ロランでも、夫でも、人間は自分の力によってしか救われないものではなかろうか。

この離婚の時期を境にロランの力は満ちてきて、『ベートーヴェンの生涯』『ジャン＝クリストフ』などの大作が次々と書きすすめられ、作家としてのロランの地位が確立し、一九一二年には大学における教職を辞任するにいたっている。

人民戦線とロラン

ロランは一九二二年以来、スイスのレマン湖のほとりのビルヌーブに居をかまえていた。第一次世界大戦は終わったが、戦勝国であるフランスはますます反動化していった。ロランは、この「盲目で頑迷《がんめい》なフランス」に別れを告げ、スイスに引っ越したのであった。五六歳のときである。バルビュスとの論争があった次の年である。

このロランが、再びフランスに帰ろうと決心する。一九三五年七月に社会党と共産党の統一戦線が成立した。ファッショ諸団体との対立がますます激烈になる中で、翌一九三六年、人民戦線諸党が選挙で大勝した（急進党一一五、社会党一四六、共産党七二、社会主義同盟三六、統一労働党一〇、合計三七九で、右派ファシストは二三六であった）。社会党首ブルムは人民戦線内閣を組織した。ロランは片山敏彦氏あての手紙の中で次のようにいっている。

「私は心残りではありますがスイスを去る決心をしました。精神の自由な空気がもう吸えなくなったからです。……私のいるべき場所は人民戦線のフランスです。そのフランスに危険が迫っている以上、私のいるべき場所はますますそのフランスにあります。」

『7月14日』　上演

一九三七年九月、故郷に近いベズレーの丘にロランは家を買い、三八年五月に移り住んだ。

人民戦線内閣の成立した一九三六年にロランは七〇歳であった。一月にはアラゴン・マルロオ・ブロックなどが提唱して七〇歳誕生祝賀会が、ジード司会で催された。その年の夏にロランの革命劇『七月一四日』『ダントン』がパリで上演された。特に『七月一四日』は文部省の後援のもとに二〇日間も上演された。ロランの喜びは片山敏彦氏あての手紙にあふれている。

「パリでは私の『七月一四日』の上演に幾日か立ち会いました。俳優と観客とが熱烈な信念に燃《も》え上がって、壮大な光景を呈しました。フランスの新しい作曲家七人（オネゲル・ダリュース＝ミロー・ジョルジュ＝オーリック・シャルル＝ケクラン・アルベール＝ルーセルなど）が各場面の音楽を担当し合って、尊い協力を行ないました。コメディーフランセーズ座の大俳優たちが、労働組合の労働者たちと合同して熱狂し、労働者たちは私の戯曲の群像となって異常な動きと調子とを示しました。ピカソが幕の画を描いたのでした。つまり全観客（各階級の人々）が民衆の祭典の歌に声を合わせたのであり、その民衆の祭典は天才的な若いコルシカ人トニー＝グレゴリーがみごとに演出をしたのです。三五年間も黙殺されていたあげくのことで、私の『七月一四日』にとってはすばらしい償《つぐな》いでした。」

さらにロランは故郷のクラムシーをおとずれる。

「私の昔の故郷が人民戦線の息吹きによって変貌《へんぼう》し、若返り、高揚していることを知りました。クラムシーには共産党の町役場ができ、ヌベールには社会党と共産党の町役場ができていて、私を同志としての喜びをもって迎えました。私の生まれた古い家も新しい皮をつけていました。家は保健所となって灌水浴《かんすいよく》や診療をし、技術上の設備も完備していました（私はそれをうれしく思いました）。」

二〇歳代のローマ留学が、芸術家ロランにとって最も幸福な年であったとするならば、人民戦線時代は、思想家ロラン（ヒューマニスト・共和主義者・社会主義者としての）にとって最も幸福な時代であった。ロランは、彼の民衆を晴れがましい白日のもとに獲得した思いがしたことだろう。しかし、この美しい夏の日の蜜月も七八年の長い生涯の中では、わずか一瞬に過ぎ去るつかの間の幸福にすぎなかった。第二次世界大戦がすでにすぐ隣の戸口に迫っていた。

第二次世界大戦とロラン

まず、一九三六年七月にスペイン戦争が起こり、ドイツ・イタリアのファシストはフランコを援助し、全世界の民主主義者が人民政府の応援に加わった。日本では同年に二・二六事件が起きている。一九三六年六月、親友ゴーリキーが死に、ソ連で反スターリン派に対する粛清《しゅくせい》がはじまっていた。翌三七年七月、日中戦争が起こり、フランスでもまだ資本の力は強く、資本家はフランス経済を窮地におとしいれることによって人民戦線を崩壊《ほうかい》させた。一九三八年、反動的なダラディエ内閣が成立する。翌三九年八月、独ソ不可侵条約を結んだヒトラーはポーランドに攻めこみ、第二次世界大戦の火ぶたが切られた。この際注目すべきことは、フランス反動内閣が、ナチス－ドイツよりも、スターリンを恐れ、フランス人民の結束を恐れたということである。開戦後の八か月は「奇妙な戦争」といわれるほど、フランスはドイツと戦っていないのである。しかし、ひとたびナチスがそのほこ先をフランスに向けるとひとたまりもなく、一九四〇年六月に、パリは占領されてしまった。この弱さは、フランス資本家が人民戦線を瓦解《がかい》させるためにフランス経済の破壊、産業のサボタージュを行なった結果であった。

ロランの移り住んだベズレーの丘もドイツ軍の波にかこまれた。ロランはその反ファシズム運動によってヒトラー政府から憎まれ、ロランの著書『戦いを超《こ》えて』などは、一九三三年にヒトラー政府によって焚書《ふんしょ》にされている。しかし戦局の速さは、ロランに脱出のチャンスをも与えなかった。ロランは七五歳で重病であった。しかし、ロランの家は砲火の下で奇跡的に無事だった。その秘密はロランの死後、明らかになった。フランス占領当時の一ドイツ指揮官が「ロマン＝ロランの家には一指も触れてはならぬ」と命令した事実が明らかになったからである。ロランの思想が思わぬところで生きていたのである。

占領下のロランは、病床で最後の著作、ベートーヴェン研究、『第九交響曲』『最後の四重奏曲』を執筆していた。レジスタンスの若い闘士が監視の目をくぐってひそかに出入りした。

幸運なことに、ロランは死ぬその年にパリ解放を見ることができた。最後の小康を得たロランは、喜んでわざわざパリまで出かけていった。

「パリのすばらしい美しさが無疵《むきず》でいるのを見て、すんでのところで破壊されると思うとなんともいえない気持ちになります。」

と友人ブロックに書いている。同四四年一月七日、ソビエト大使館の革命祝賀会に出席し、一二月九日、レジスタンスの犠牲者追悼《ついとう》会にメッセージを送り、とうとい犠牲に賛辞をささげた。

ロマン=ロランの墓

一二月三〇日、ベズレーで七八歳の生涯を閉じた。町の司祭と、パリから駆けつけた共産党書記長トレーズが同じ部屋《へや》で通夜をしたといわれている。ロランの遺骸《いがい》は、遺言に従って故郷クラムシーの両親の墓のそばに葬られた。自由フランス解放軍の兵士たちがその葬儀の列に加わった。それはロランの死と共和主義者ロランをたたえるに最もふさわしい光景であった。

ロランと女性

ソフィーア＝グエリエーリ＝ゴンザーガ

イタリアの太陽　イタリア貴族の美しい一女性、ソフィーアは、ロマン＝ロランにとって、特別に詩的な意味をもっている。彼女はロランにとって、単に女友だちというだけでなく「不滅の恋人」でもあった。

われわれは、歴史の中で知的にも精神的にも偉大な男性のかたわらに、往々にして、その偉大さとはけっして似つかない一女性が、星のように輝いているのを発見することがある。ソフィーアは、ロランの苦しみに満ちた生涯にとって一つのイタリアの太陽であった。特にロランが妻と離婚し、「広場の市」の孤独の中で苦闘していたとき、最も多く文通した女性である。ロランに比べて知的にも精神的にもはるかに劣る一女性が、なぜロランにとってこんなにも魅惑と慰めの対象となりえたのだろう。この手がかりを与えてくれるのはロランの手紙と、『ジャン＝クリストフ』である。『ジャン＝クリストフ』の中では、ソフィーアはグラチアという名の女性として登場してくるのである。

結論からいうとソフィーアは、ロマン＝ロランがけっして到達できなかった一つの世界——モーツァルト

ソフィーア＝グエリエーリ＝ゴンザーガ

やラファエロの世界――をもっていたということである。それは、ロランが努力して獲得した調和よりも生来、存在にそなわったいっそう高い調和の世界である。ロランの手紙はそれを次のようにたたえている。

「幸福な友！　あなたの幸福は兄弟の喜びを私に与えます。あなたにとって幸福であることはまたいくぶん私の幸福でもあるように思われます。とりわけあなたのために私が喜ぶのは、単に人生があなたにとって幸福であるばかりでなく、あなたがいま幸福な性質をもっていられるということです。それは最大の天賦《てんぷ》で、それは最も稀《まれ》なものの一つになりはじめています。」

ロランはこのような天賦の人間が世の中に存在することを、以前からモーツァルトやラファエロを通じて知っていたのである。このロランの尊敬と愛着は、ソフィーアの結婚によって、ロランを痛く悲しませた後にも変わることなく継続するのである。ソフィーアは、人間の情熱の美しさや、心情の高邁《こうまい》さにおいて、感情と魂の分析家としてたぐいない鑑識眼をもったロマン＝ロランにふさわしい女性であった。

幸福な天分

では、ソフィーアがもっていた、この幸福な性格、幸福な天分とはいったいどういうものであったのだろう。この性格の内訳は大別して三つの特徴をもっているように思われる。①行動や意志的努力によって獲得された調和ではなく、存在それ自身の調和であったこと。かつて、シラーは「婦人の力」という詩を書いたが、女性のもつべき魅力を次のようにうたっている。

お前は力強い、
それはお前のあるところ平和な魅力があるからだ。
静かな存在（女性）のなしえないものは、
　立ち騒ぐ存在（男性）もけっしてなしえない。
男性に期待するものは力である。
　男性は規律の尊厳をこそ主張してほしい。
けれども女性は優雅によってのみ支配し
　また支配すべきである。
精神と行為との力によって支配した者は
　よし多くとも
彼らには汝《なんじ》最高の王冠がなかった。
真の女王はただ婦人の女性美のみ

それは現わるるところ、それは支配し
ただ現わるるがゆえにのみ支配するのである。

このシラーの規定した存在の美は、そっくりソフィーア＝グラチアにあてはまる。彼女は行為や精神の力によって偉大であったのではなく、その生来の存在の魅力によって偉大であったのである。行為によってではなく「ただ現わるる（存在する）がゆえに」のみ魅力的なのである。

ソフィーア＝グラチアは、一個の生ける自然物《ナチュラリスト》である。地中海の明るい温和な自然と貴族の生まれという条件が、彼女を一個の動かざる植物として、ただ「美しい静穏《せいおん》のうちに浸って」生きることを可能にした。グラチアは、幼いころから「幾時間も庭の中に寝そべって」暮らした。彼女は自然のもつ香《かおり》、太陽の光を十二分に吸い取って花開く感覚の化身《けしん》である。だから、グラチアの存在はたぶんに受動的である。光を受けて開花する植物であり、その花なのである。だから、グラチアのもつ調和には、常に「多少の倦怠《けんたい》」、「怠惰《たいだ》」が同居していた。「穏《おだや》かに生きる」という「神聖なる一事」のために「その野心すら犠牲になしうる」ほどであり、行動や精神的努力による荒々しい向上よりは「無為怠惰」のほうを選ぶほどであった。ソフィーアは、克己的禁欲主義者ロランの反対物であり、グラチアは精神主義者クリストフの反対物であった。彼女はナチュラリストであったが、モーツァルトのように活発なナチュラリストではなく、静かなナチュラリストなのであった。その調和は、深い情熱を秘めてはいるが、けっしてその荒々しい波を立てることなく、また運命の悲しさをも底にかくしてしまうような性格をもっていた。「グラチアは、クリストフにとって新しい芸術の一世界の扉《とびら》を彼のために開いた。クリストフはラファエロとティチアンとの至上の清澄の中へはいりこんだ。いろいろな形象を征服し支配して、それらの形象の宇宙に獅子《しし》のように君臨している古典的天才力の堂々たる壮麗《そうれい》さを彼は見た。ラファエロの描いた明澄で威厳のある肖像画やスタンツェ（ヴァティカンの廊下の壁画や装飾）はクリストフの心を、ワーグナーの音楽よりも、もっと豊富なある音楽で満たした。それは清澄な素描的《そびょうてき》輪郭《りんかく》、高貴な建築性、諧和的な配合が生み出している音楽である。……知的精神と官能的な喜びとが合体している力。若々しい愛情、反語的《イロニック》な微笑《びしょう》を含む叡智《えいち》。愛を息づいているそれらの肉体の、むせるように強い、熱い香。輝くような微笑——その中で影は消えうせ、熱情は眠りこむ。馬が後足で立ち上がるように、身ぶるいして立ち上がる生の諸力、それを巨匠の静かな手が『日の車』の天馬たちを御するように統御する……。」

もちろん、グラチアはラファエロのような巨匠ではない。しかし、グラチア自身、その存在が一個の自然の名画であった。彼女においては、官能の喜びと精神の喜びはみごとに一致していた。これが、ロランの名ざす幸福な性格の意味である。彼女自身の美的な自然と人間性が、労することなくまったく一致していたのである。そのような人間にとって、生きることは、単純に喜びである。これはモーツァルトの天才と同質のものである。ソフィーアは、貴族の出身でありながら、その天分によって、貴族や、大ブルジョア階級の娘たちがもつ害毒にも染まらず、高慢な分別や、高慢な知性の害毒にも染まらず、花のように自然であった。

反面、クリストフと接触したグラチアはその影響も受ける。「生の楽しみに身を投げ出して微笑《ほほえ》んでいるグラチアの半睡状態は、クリストフの精神力に触れて醒《さ》めていった。彼女は精神上の事柄《ことがら》に対して、前よりいっそう積極的な興味をおぼえてきた。ほとんど書物を読まなかった彼女は、種々《いろいろ》な思想に好奇心を感じ、やがてそのほうへ惹《ひ》きつけられた。」これとまったく同じことが、ロランとソフィーアとの間にも起こった。ロランは書簡の中で熱心にソフィーアへの読書指導をくり返している。

② ソフィーア＝グラチアの調和が内在の調和であったこと。彼女の調和は生来、彼女の生物的個体にそなわったものであったから、その社会が調和に満ちているか否かに直接かかわりなく、たとえ不幸の時代に生きても、個体としては幸福な調和に達することができた。「人生があなたにとって幸福であるばかりでなく、あなたが幸福な性質をもっていられる。」とロランが描写したとおりである。

モーツァルトの胸像
（ハーゲン作）

③ 最後に、ソフィーア＝グラチアの調和は、個体自身にかかわる個別的調和に限られるということをあげるべきであろう。社会の調和、宇宙の調和といった全体性を指向するロラン＝クリストフとは相違して、生物的個体としての一個の存在がもつ調和、それのたぐいまれなる完結性こそが彼女の特徴であった。社会の調和に依拠せず個体の調和に依拠するものは、それゆえに、激しい不安を生き抜かねばならない。モーツァルトは、貴族の

社会から放逐され、生涯を貧困の中で終わらねばならなかった。しかしモーツァルトは、その不安さえも美しい音楽へと変身させ、移動する半音階の魅力としてこれを生かす術《すべ》を心得ていた。けれども、「静けき優雅《ゆうが》の君」、このソフィーアには、不安を調和へかえす策はなく、晩年はカトリックへ帰依《きえ》するに至るのである。ロランは、他人の信仰への批評はさしひかえ、「女性にとってやむをえない」とのべながらも、失望の色をかくしきれないのであった。

ラファエロとモーツァルト

ロランは、ラファエロについて次のようにいっている。

「音楽の世界は音楽のラファエロをまだもったことがない。モーツァルトは一人の子供にすぎず、ドイツの小さな市民にすぎない。モーツァルトは、せかせかする両手と感傷的な魂とをもち、言葉と身ぶりとが多すぎ、つまらないことのために泣いたり笑ったりする。」

モーツァルトは、体内の自然を能動的、衝動的に発散させた。たしかにモーツァルトは「うるさい子」である。よく叫びよく泣く。その点、存在の美ではなく、行動の美に特色を求めるべきものとなる。これに反して、ラファエロは静かな存在の美を誇っている。音楽の世界にいまだラファエロは現われない、というロランの批評に賛成である。しかし、他方、モーツァルトは、内在的自然がもつ生来の調和に生きた点、生物的個体のもつ個別的調和に生きた点においては、まったくグラチアと同じ世界に住んでいる。モーツァルトは、自由に行動しつつ、これが同時に調和の軌跡《きせき》を形どることに成功したたぐい稀《まれ》なる天才である。私は、ある箇所でモーツァルトを「調和に満ちた粗野」と呼んでおいた。モーツァルトもロマン＝ロランも同じく調和志向型の人物であったが、ロランは、個体の調和より宇宙の調和を優先させる点（スピノザの神やベートーヴェンの理念への心酔）、その調和を生来の生物的性質に求めるより、信仰や努力で禁欲的・克己的にこれを求める点で、ずいぶんとお互いは相違していた。

ソフィーアとの出会い

ロランとソフィーアがはじめて会ったのは、一八九〇年二月五日、ローマのマルヴィーダの家である。階段ですれちがっただけであったが、彼女の姿はロランを「魔力的につかんだ」とロランは述懐している。「おお美しい口！　微笑の窓、それは、愛に憑《つ》かれている歯並びの輝きの上で半ば開いていた！　おんみの酔い心地が私の血に点じた火はプロメテの火であった。それ以後、私の創作のすべてはおんみから生まれた。そして、炎よ、おんみはグラチアという象徴になって具現したのちにはじめて落ちついた。」

それ以来、ロランはいっそうマルヴィーダの家を訪れるようになる。そしてソフィーアの母親である侯爵《こうしゃく》夫人が毎週催すグエリエーリ家の夜会にも招かれるようになる。教養の高いグエリエーリ侯爵夫人の夜会は、芸術や政治の話題が花咲き、ロランのピアノの演奏は人々の心を支配することができた。この間ロランは二三歳から二五歳、ソフィーアは一五歳から一七歳であった。ソフィーアは当時を、次のようにのべている。

「それはおとなたちの集まりでした。そして少女だったわたくしにとっては、あまり高すぎる知的水準の会話に加わらないで、そこに出席して、黙って傾聴し、観察するのでした。ロマン＝ロランの、たいへんすらりとした、気品のあるシルエット、内気でしかも自信のある顔、ほとんど烈《はげ》しいくらいせんさく的なまなざしをした、光に満ちた彼の顔がいまもまざまざと目に浮かびます。北方人のきびしさと快《こころよ》いフランス的ないんぎんさとが彼の内にまじっていて、恐れのまじった畏《い》敬《けい》の念をわたくしに与え、わたくしの日ごろの憶病《おくびょう》をいっそうひどくしました。」

おそらく、ロランはこの無口な少女から何物か読みとろうとしたにちがいない。が何も得られなかったのだろう。『ジャン＝クリストフ』の中では、グラチアは、クリストフの愛を感じ、受動的に楽しんでいたが、まだ選ぶ気持ちはさらさらなかったと説明されている。とにかく、ロランを捕えた青春の歓びは、しだいに激しい苦悩へと変わっていった。が、だれもそれに気がつかなかった。毎日手紙をやりとりする母にさえ何もいわない。この青春の「危険な目まい」を打ち明けられたのはマルヴィーダであった。彼女はいった。「この室《へや》に、一つならずの悲劇がはいって来て、出て行きました。ここに来た人々のうちの四人が、後に自殺しました。」この言葉はロランを打った。彼は「この率直な言葉が——(そして、この静かな目が)——私の絶望の空虚さを自覚させるに十分であった。生を投げ捨てる自由をもっているとうぬぼれて、実は、敗北者たちの盲目的な群れの足跡に奴隷的に従っていこうとしているのだと悟って私は恥じた。」これと同時にロランの内に激しい創作への熱情がわき上がり、はじめて劇作を書き、作家への道が自覚されたのである。ソフィーアは明らかにロランに作家への道を目ざめさせる動機となった。

ロランが、次にソフィーアと再会するのは、一〇年後の一九〇一年の八月、スイスのサン－モリッツにおいてである。その年の二月、三五歳のロランは妻クロチルドと離婚したばかりであった。ソフィーアは二七歳でありまだ独身であった。彼女は母を失ったばかりでロランと同じく傷心の心をいだいていた。二人は慰め合い、ロランの弾《ひ》くベートーヴェンのうちに友情が深まった。夏のシーズンが終わり、パリに帰る前にロランは、ソフィーアの家に招待されて五日間も滞在している。その後、二人の生涯にわたる文通がはじまる。この中でロランは、「妻の友情の裏切り」によって失われていた心の平衡を徐々に取りもどしていった。もしこのまま行くと、あるいはロランの生涯にほんとうの幸福がもたらされたかもしれなかった。マルヴィーダも漠然《ばくぜん》と期待していた。しかし、ソフィーアは、再会の次の年、ピエトロ＝ベルトリーニ伯爵《はくしゃく》と結婚してしまった。ロランの離婚の傷はまだ深く、そのためチャンスを失ってしまったのではないかと推測される。この二人は、人生でほんのわずかな誤差ですれちがってしまっている。そのために苦しんだのはロランであった。二人の友情は、生涯つづくのであるが、五〇歳近いロランはソフィーアにこのことを嘆いている。「人生はまずくできています。人生が幸《しあわせ》になるためには、ほんのもう少しのものがあればいいのですが！　もし私がいま二五年前のローマ時代を、今日私がもっている年齢と力と経験をもって生きることができたなら、どんなに豊かなものだったでしょう！」

このためにロランはどのくらい苦しんできたか、特に彼が『ジャン＝クリストフ』を完成し、大作家として実力を発揮するまでの一〇年間の暗い谷間でソフィーアは、ロランの最も親しい、ときにはそっけなく、ときにはやさしい打ち明け相手だった。

ソフィーアの夫ベルトリーニは一九〇七年イタリアの文部大臣となり、ファシズムの擡頭する前に総理大臣にもなっている。ロランは、ソフィーアの結婚後もこの夫婦と親しく交際している。ロランは一九一六年ノーベル文学賞を受けるのであるが、彼らはまだ噂《うわさ》にすぎないうちに祝詞をよこしている。第一次世界大戦中のロランの苦境のときも、彼らの友情は変わることがなかった。

あまりにも「恋人」でありすぎた

ロランは『ジャン＝クリストフ』の中で、グラチアを次のように描写している。

「彼女の容姿は調和のある豊かさに達していた。その肉体は、ある誇らかな倦怠《けんたい》に浸されていた。静かさの霊がそれを包んでいた。彼女は、太陽の輝きのみなぎっている静寂と、不動の観想との甘美さをごちそうとして味わい、生活の静穏な楽しさを官能的に享受していたが、それらは北方的な魂の人々がけっしてよくは知らないであろうような生活の静かさだった。彼女が過去の生活の中から特に今ももちつづけていたのは彼女の大きな親切さであり、それは彼女の他のすべての感情へ溶けこんでいた。しかし彼女の輝かしい微笑の中に、ある悲しげな寛容や、いくらかの疲れや、ほんのぽっちりの皮肉や、ある、なごやかな良識や、そんなものをクリストフは今度新しく読みとったのだった。年齢が彼女にある冷静さをヴェールのように着せており、それが彼女を、心情の作り出すいろいろのイリュージョンに対して防ぎ守っていた。彼女が心情を吐露することは稀《まれ》だった。そして彼女の心のやさしさは、クリストフが押えかねて表現する情熱の激動に対して、明察力のこもっている微笑をもっておのれを見張りしていた。その一方で、そのときどきの気分に負けて弱くなる瞬間があり、あだっぽさが現われるときがあったが、彼女はそれを自分で嘲《あざけ》りながらそれと戦って勝とうとは少しもしなかった。ものごとに対しても自己に対しても少しも反逆的に動くということがなかった。まったく善良でいくらかものうい性質の中に、ある非常になごやかな宿命観があった。」

与えられた存在の調和に生きるグラチアは、受動的にその存在の富を受用する。そこにはものういと同時に「ある誇らかな」倦怠があった。彼女は存在を意志的につくり変えようとは少しもしなかった。ロランは、このグラチアの態度の中に「非常になごやかな宿命観」を発見しているが、この規定づけは、植えられたところで咲き、もし環境が悪ければ一瞬の傷害で枯れていく植物の運命を暗示するようで印象的である。

クリストフはグラチアに結婚を申しこむ。グラチアは「共同の日常生活では、最も純潔なものも、ついには汚れてしまう。共同生活の苦難にお互いの友情を曝《さら》さないほうがよい。」という理由で、これを断わる。一般論として、私は、このグラチアの見解に賛成できない。ここにはクロチルドとの結婚に失敗したロランの経験が潜在的に作用しているのかもしれないが、「結婚は墓場」と断定することはけっしてできない。サルトル・ボーヴォワールも結婚という共同生活を認めず、自由な両性の自由な意志が望んだときだけの結合のみを承認している。しかしお互いが、自由のままで、同時に共同の生活感情を最も純粋な形で形成することも可能ではなかろうか。

反面、「永遠の恋人」、「芸術家の友情」という事がらも一概に否定すべきではない。それぞれ、自分の性格にはない精神的富を与え合うということは美しいことである。しかし、だからといって、相互に異質な要素が常にすべてともに合して、毎日の日常的結合の形体をとることが最もふさわしいとは限らない。遠く離れたままで与え合うことのほうが、よりお互いに輝きを増す場合もある。しかも、異質のものは多様である。そのすべてと結婚することはできない。ここでは「芸術家の友情」という形での相互援助が最もふさわしい交友関係となることだってありうる。

クリストフとグラチアの場合はどうだろう。結局、意志的克己主義のストイックなクリストフ＝ロランと存在的所与を受動的に享受《きょうじゅ》するグラチア＝ソフィーアとではまったくの反対物である。それゆえに彼らはひき合ったのではあるが、グラチア＝ソフィーアのほうからいえば、禁欲的な学者稼業・芸術稼業のロラン＝クリストフと日常毎日同居することは不可能であっただろう。禁欲主義はグラチア＝ソフィーアの根を枯らす。また、意志的・精神的向上主義は、あまり間近に接近しすぎるとグラチア＝ソフィーアの存在の安定を破壊してしまう。グラチア＝ソフィーアは、貴族的な環境の中で、（たとえ夫の政治的職業のためいろいろ苦労はしても）内面自身は静穏のまま（むしろ内面的には怠惰のまま）、広い感覚の展開をほしいままにしてこそ彼女たりうるのである。パリのせまいアパートの一室に暮らす貧乏学者ロランの禁欲主義は、ときどきの精神的刺激としてはとうとくとも、共同に生きる日常の糧《かて》としては重すぎよう。反面、ロラン（クリストフ）の側からみて、激しく求める気質の彼は、いつも、穏やかな存在の微笑につきあたる。この微笑は、精神の微笑（マルヴィーダのような）ではなく、存在の微笑（モナ＝リザのような）であるから、これをあるがままに受け入れねばならぬ。この謎《なぞ》を解こうと、しつこく質問したり、分析したりしてはならぬ。遠方からみた場合、限りない魅力であるこの存在も、共同生活となるとどうだろう。ロラン＝クリストフにしても、毎日、この輝く存在の御機嫌《ごきげん》とりばかりしてはおられぬ。グラチア＝ソフィーアは「気分に負けて弱くなり、あだっぽくなるときがあっても、それと戦って勝とうとは少しもしない。」この存在の気まぐれは、恋人の魅力ではあっても、それも程度問題。妻の気まぐれを遠くにながめて暮らすことのできる貴族階級ならいざしらず、精神的共同体を志向するクリストフ＝ロランにとって毎日のおつきあいは無理な注文である！　結局、グラチア＝ソフィーアは、あまりにも「恋人」でありすぎた。「妻」とはなりえなかったがゆえに、彼らは「恋人」のまま永遠に不滅でなければならなかった。

マルヴィーダ＝フォン＝マイゼンブーク

ソレントの匂《にお》い些《いささ》かも残らざるや？
なべて荒々しく冷たき山の性《さが》にて、
秋の陽《ひ》の温味《ぬくみ》なく、愛なきや？

さらばこの書のうちにあるはわれの一部のみ。
よりよき部分をわれは祭壇に捧《ささ》げん、
わが友にして母にして医者なりし人のために。

この美しい詩は、ニーチェがマルヴィーダに送ったものである。ニーチェがマルヴィーダと美しいソレントで一夏を過ごしたとき、彼は一冊の本『人間的な、あまりに人間的な』を書いた。気性の激しい（狂人でもある）あのニーチェでさえ、マルヴィーダに対して尊敬と信愛の情をもちえた。

マルヴィーダという独身の女性は、個人の母ではなかったが、多くの人々にとって精神的な母であった。マルヴィーダの生み出し、はぐくんだものは個体としての生命ではなくて、芸術家や詩人や学者であった。彼女は、若いころのロランの作家としての才能をいちはやく見抜き、周囲の反対の中で孤立しているロランを支持し、励ましつづけた、ただひとりの人物である。実の母ですら反対したロランの作家の道を支持したマルヴィーダは、作家ロランを生み落とした第二の母親であった。

マルヴィーダ＝フォン＝マイゼンブーク

マルヴィーダは一八一六年、ドイツのカッセルの貴族の家に生まれた。父はヘッセンの選挙侯から内閣参議および国務大臣に任ぜられた人であり、母はみごとな教養をもった女性で家庭の中に芸術と文学をもちこんだ人であった。家庭には画家・詩人・音楽家が出入りした。マルヴィーダは「メールヒェン」を好み、さらに和声学を学んで作曲をし、特に絵画にすぐれた天分を示したといわれている。しかし、彼女はその青春時代の理想を、一八四八年の自由のための戦いに見いだす。彼女の婚約者テオドール＝アルトハウスは彼女の牧師の息子《むすこ》であり、神学者であったが、一八四八年の革命の闘士であった。この婚約は三年間だけマルヴィーダに牧歌的な幸福を与えたが、それは実らなかった。六歳年下のアルトハウスは他の女性を愛し、革命運動の犠牲者として早世するからである。しかし、マルヴィーダはすでに婚約者でなくなった禁固中のアルトハウスと文通し、なおる見こみのない病気の彼に「大きな赦《ゆる》しと理解に満ちている愛を示した」（シュライヘア）。マルヴィーダはこのような愛について「女性の真実な愛の中では、母・姉妹・女友だちの愛情の全部が一つになって生きます。そして、女性が、かつて自分へささげられた恋ごころがもう今では消えうせたことに対して感じる聖なる悲しみを、自分の心の底へ誇りをもって包みこんでいるときにも、依然として母らしい、姉妹らしい、女友だちらしい愛情は生きており、今ではその思い出がいっそう、とうといものになっているその人の運命の重さがのしかかっているとき、その人に助力と慰めとを与えようとします。」と語っている。

この言葉の中に彼女の本質的なものが語られている。通常、女性の特質を語る場合、常に否定的宿命的意味が含まれているのであるが、マルヴィーダの場合は、彼女の女性としての特質が可能な限り肯定的な意味をもつことは注目に値する。ロランは、地球がマルヴィーダのような「高貴な心」の女性を生み出してくれたことに感謝の意を表している。マルヴィーダの伝記を書いたシュライヘアは、マルヴィーダのたぐいまれな能力とは「女性としての友人であることとの能力」だといっている。マルヴィーダは、ワーグナー・ニーチェ・ヘルツェン・マッチーニをはじめとし、「一九世紀の自由な大きな鳥だった人々を皆識《し》っており、そしてまた嵐《あらし》に打ちくだかれて忘れられてしまった人たちをも識っていた」（ロラン）。忘れられてしまった人たちというのは、彼女がロンドンで出会った革命の亡命者たちのことである。シュライヘアによると、マルヴィーダは婦人の解放に深い関心をもっており、「内面の必然から発する婦人運動の先駆的な一人」であった。「婦人の法律的・経済的・政治的平等権が当時すでにマルヴィーダの目標であった。」彼女は、ハンブルクで進歩的な考えをもつ婦人たちによってたてられた「婦人高等学園」で働いた。しかし反動の圧力がこの学園をもつぶし、彼女はロンドンへと、最も困難な亡命者の道を以後歩むことになる。彼女は個人教授と文筆の仕事で、辛《かろ》うじて生きつづけた。数々の友情をもちながら。彼女の著作の代表に『回想記』がある。

ロランが彼女に会ったのは、一八八九年、師のガブリエル＝モノー（歴史家）の紹介によってである。モノー夫人は、マルヴィーダの養女であり、ヘルツェンの娘である。マルヴィーダとロランは、ロランの弾くベートーヴェンの音楽の中で、理解を深めていった。若いロランにとって、マルヴィーダはかつての英雄たちの心が保管されている宝庫だったのである。「マルヴィーダは、生涯、精神の英雄たちや、怪物たちのそばで暮らし、彼らの悩みと彼らの汚れのそばに生きてきていた。彼らのすべてが彼女に、心の中を打ち明けたのであった。彼らのすべてが彼女を愛したのであった。」とロランは語っている。またこの生きた宝庫は「勇気を学ぶ偉大な学校」であったともいっている。マルヴィーダの著書『回想記』の中に、彼女は他人の心を乱すようなことを入れなかったので、書物だけでは彼女の全部があらわれていないとロランはのべている。

「彼女の目は、また別の全体性を含んでいる書物であった。それだから私は、存在の悲痛な奥底を垣間《かいま》見ることができた。」

マルヴィーダの母性的な心は、英雄たちの深い苦悩を受けとめて保管していたのであった。老年のマルヴィーダは、若いロランの可能性を見抜き、ロランを励ました。

「寛大なマルヴィーダは、文学作品のへまな批評家だった。私の書いたものの、いろいろの欠点を彼女は見なかった。……しかし、愛情をもって深く見通す彼女の視力は、借りものの思想や言葉の、不確かな織物の奥に、基本的な低音と、内在力と、それのリズムを見てとった。そして、このことこそ、専門的な批評家たちのめったにやらないことである。」

「私は、一人ならずの批評家から――『倒れろ！』といわれた。そういって彼らは、生まれかかってよろめいている力を嘲笑した。そんなときこそ、マルヴィーダの大きな愛の励ましが私にはありがたかった。彼女の聡明な心情は、私が作品に吹きこんで表現してしまったために、かえって自分の手から取り落とした信念を、私に取りもどさせてくれた。光となって輝きつくしたものが、熱になって帰ってきた。そして精神のエネルギーが、再び潜力《ポーテンシャル》をになった。君を理解する友は、君を創造する。この意味において私はマルヴィーダによって創造された。私が粗雑に作り出したにすぎない作品を、マルヴィーダは、完成したすがたにおいて観《み》ていた。」

マルヴィーダとロランの友情は一九〇三年彼女が永眠するまでつづき、一八九〇〜一九〇三年の間にそれぞれ六〇〇通の手紙が交換されている。マルヴィーダは、ロランの失恋、結婚と離婚にも遭遇した。そしてロランを最初に世に押し出した『ベートーヴェンの生涯』を見、ジャン＝クリストフのプランを聞いてからこの世を去った。マルヴィーダの墓には《愛・平和 Amore Pace》の二字が刻まれている。

ロマン＝ロランと音楽

ロランと音楽は、切っても切り離せない深い関係をもっている。ロランは自伝の中で次のように語っている。

「人生の初一歩から、音楽は私の手をひいてくれた。それは私のはじめての愛であり、また、たぶん最後のそれとなるであろう。女性への愛がどんなものかよく知らないうちに、私はそれを女性のように愛した。」

ロランは幼いとき、母からピアノの手ほどきを受け、同時に母のもつ音楽的な魂をもすべてゆずり受けた。ロランと母との間の心のつながりは、晩年まで言葉よりずっと多く音楽によってなされている。ロランの母は、のちにロランのピアノのレッスンを女流ピアニスト、ジョゼフィーヌ＝マルタンに依頼する。マルタンは、ショパンの友人だったこともある一流のピアニストであり、ロランの母のピアノの師でもあった。ロランは、マルタンから特にモーツァルトの解釈においてすぐれた指導を受けた。当時のロランのピアノのテクニックは、このレッスンを受けるのになんの不足もなく、楽々とマルタンのレッスンを消化したらし

バッハ

い。ロランのこのピアノの演奏力は、彼の青春時代、ローマ留学の地で、威力を発揮している。彼は彼の回りのあらゆる人々を彼の演奏によって魅了することができた。彼はふだんはひっこみ思案《じあん》の人がらであったが、いったんピアノに向かうと、人が変わったように生き生きと大胆な態度に変化した。彼は当時のことをこう語っている。「そのころの私はみごとな音楽の記憶力を有した。私はJ・S・バッハ、モーツァルト、ワーグナーなどの作品を自分の頭の中にもっていた。私は目をつむったままで幾時間でも弾《ひ》くことができた。人前では実に内気で、実に神経質で、実にどぎまぎしていたにもかかわらず、ピアノに向かうと、私はまったく平静だった。私は自分が楽器と聴衆を支配できるのをおぼえた。」このようなロランのピアノの名声は、ローマの社交会に広まった。ロランのピアノにほれこんだ一人に、フランス学院の理事で、エベールという老画家がいた。彼はかつてグノーと仲間でありヴァイオリンをへたくそに弾き、ロランは幾夜となくその伴奏を、嫌《いや》な顔せずつとめたのである。エベールは、ロランが音楽家としての職業を選ばなかったことを責めた。彼は、ロランがパリに帰り、コンセルヴァトワールに入学するように力説した。しかし、ロランは従うわけにいかなかった。ロランは苦悩をもって次のようにいっている。「彼のいったことは真実だった。私は音楽に属していた――(いつも属している)。しかし、身をささげて音楽に仕

ワーグナー

えるにはもうおそすぎた。そして私は他の愛人たちの虜《とりこ》になっていた。今では私は言語という言葉で自己を表現し、それを表現する必要があった。その思惟《しい》と表現の技法を私の肉と血の中に同化するにはもうおそすぎた。その和声、その対位法は私の中に内在していた。しかし、ソルボンヌの周囲に重力にひかれている高《り》校《せ》や学園で一〇年間もした頭脳の訓練はそれを文字の分野におきかえさせた。もうおそすぎた！」ロランは自分の中に内在する音楽の重荷を、どのように果たしたらよいのか、ずっと悩みつづけるのである。彼はのちに、音楽的小説『ジャン＝クリストフ』を書きあげることによってこの苦しみを解決したのであった。ロランに音楽の道を歩むことをすすめてゆずらなかったエベールも、クリストフによってはじめて「きみが正しかったね。自然のやることはちゃんとしているね。」といったという。ロランにとって果たしてそれが最上の解決であったかどうか、それはわれわれにとっても一つの疑問である。もしロランが音楽家となっていたら、われわれは疑いなく異なったロランから別の恩恵を受けえたであろう。それは、ピアニスト、ロランか、また作曲家ロランからか、わからないが、極限まで即物化した現代の演奏の世界に、疑いなく精神の輝きを与える音楽像を創造してくれたであろうと思われるからである。そして、偉大なピアニストと同時に評論家をかねたロランを十分に期待することが可能であったろうに、と思うにつけ残念に思うしだいである。ロランと親しく交友し、ロランの頭像をも作ったことのある彫刻家、高田博厚氏は「『彼がピアノを弾くときの姿を見ない者は真の彼がわからない。』ロマン＝ロランを知っていた者やその伝記者のいずれもがこういっている。親しい者にしか聞かせない彼のピアノはたぐい稀である。」とのべている。

ロランの母はもちろん少年ロランの音楽の天分に気づいていたのである。しかし、ロラン一家が住みなれた故郷と、五代もつづいた公証人の家がらとその親しい顧客を捨ててパリに移住したのは、ひとえにロランの教育のためであった。当時の中産階級の息子にとっての最高の目標は、「唯一のりっぱな、まじめな最高学府」つまり、エコール＝ノルマル（高等師範学校）にはいることであった。ロランは一家の期待にこたえなければならなかった。ロランの音楽への熱中は、この目標にとってむしろ有害ですらあった。このパリ移住を決心し、一家を動かしたのは、ロランの母であった。まして父のほうはなおさら、ロランを音楽家にしようとなどは思い及ばなかったのである。今日の日本でも、もし男の子が優秀な学業成績を示した場合、音楽家にしようと考える父親が果たしているだろうか！　ロランは次のようにいっている。「父の反対、母の不決断、育ちのおそかった幼年時代の意志の欠如が私に約束されていた未来をくつがえしたのだ。この人生で私にのこされた役割は、私にこばまれた役割より、私にずっとふさわしくない。……」「私はインスピレーションに燃えていたが、しかも豊富な仕事をした生涯において、それらのインスピレーションはけっして花咲くこともなく、墓場にもって行くのである（私は多くの制作をしたにもかかわらず、あきらめきれない！）。」

ロランがエベールのすすめるように、再び音楽の大学に再入学することも現実的に無理であったかもしれない。エコール＝ノルマルを出た彼には五年の教職が国家から義務づけられていたし、前途には学者の道も開けていた。しかし、ルネサンスの人間が、個人の能力を極限まで開花させようとした、かの全面開花の理想は、ロランにおいては挫折《ざせつ》してしまったのだろうか。ギリシアの初期の哲人たちや、ルネサンスの巨人たちが、同時にいくつもの専門家をかねていたことをわれわれは思い浮かべなければならない。アルベルト＝シュヴァイツァーのように二つの道の専門家になりうることもけっして不可能ではなかったと思う。ロランの努力が足りなかったのか、あるいは片面的発達を余儀なくさせる現代社会の責任であるのか、とにかくロランにおいては、一つの挫折というべき問題である。

どちらの道を選んでも音楽学者ロランは存在しつづけただろうし、革命的運動家ロランも実在したであろう。問題は、文学者ロランの存否である。ロランが文学によって音楽的世界を表現する「音楽小説」を意図したという場合、ニーチェやトーマス＝マン（『ファウスト博士』）におけるように実在における音楽的なるものの領域を確定し、思想としての音楽形而上学を説くためのものであったなら、その意図は十分尊重しうる。けれども文学によって、音楽と同じ直接的効果をねらうためのものであったなら、「音楽小説」は、小説に劣り、同時に音楽にも劣ると評価せざるを得ない。事実、ロラン自身、ソフィーアにあてた手紙の中で「残念なことに、音楽からくみとりうる力に匹敵するものは文学には何もありません。」とのべている。音楽のもつ直接的効果を文学において再現しようと努力するより、ロラン自身ピアニストの道を選び、直接演奏を行なったほうがより効果的である。もちろん、文学者ロランの存在は、音楽作品よりもっと思想的な意味で後世にまで影響を残してくれたという点でわれわれはこれを喜びたい。しかし、「音楽小説」というジャンルが、音楽そのものにまさるものであるという評価は受け入れがたい。また、どちらの道を選んだロランがより人類にとって有益であったかといった、半ば功利的な評価はさておくとして、ロランの人間的本性にとって、どちらの道をより本道とすべきであったか、という判定基準を前にするとき、「もうおそかった」というロランの述懐に釈然としないものを感ずるのである。もちろん、ロランは一個の自然物であるから、たとえ樹木はどちらに曲がっても、樹木の本性に変わりはないともいいうる。これがロランの不可思議な点でもある！

II

ロマン＝ロランの思想

マズレールによるデッサン

ロマン＝ロランの哲学

「三つの閃光《せんこう》」

ロマン＝ロランの少年時代は、一八七〇年の普仏戦争の敗戦、輝かしいパリ－コンミューンの敗北後のフランスであった。信ずべきもの・生きがいの欠如。せせこましい実利主義と享楽主義が社会をおおっていた。反面、この七〇年代を峠として、徐々に資本主義社会は独占化の過程にのりだし、「空気の重い」毎日がつづいた。少年ロランは息のつまるような思いで「自分はとらわれの身だ」と考えた。自分は無意味なものにとらえられている。この「落とし穴」から脱出する方法はないものだろうか。

ロランの生涯は、この「落とし穴」からの脱出の試み以外のなにものでもなかった。ある意味では、ロランの青春期はわが国の現在と共通するものをもっていないだろうか。敗戦後の二〇数年、「高度成長」といわれ「過剰消費の時代」ともいわれ、戦後日本の資本主義社会はますます巨大なものへと変質するわりに、われわれには生きる住宅もなく、この社会はわれわれに生きがいを与えない。社会の巨大化にかかわらず、人間としての基本的なものに欠乏を感じている。欠乏を感じつつも、重苦しい社会のメカニズムの中に巻きこまれていく。「自分はとらわれの身だ」。

　ロランの脱出孔は多様である。一八歳前後のロランは、まず、重い外皮をつき抜けてきらめいた「魂の噴《ふ》き上げ」を三度経験する。ロランは自らそれを「三つの閃光」と呼んでいる。「フェルネーの見晴《みは》らし台。スピノザの燃える言葉。そして、トンネルの中でのトルストイ的閃光」、これがその三つの体験である。ロランは当時のフランスの状況を、懐疑主義・享楽主義・実利主義が現実をおおっていた時代として把握していた。ロランの「三つの閃光」とは、この重苦しい現実を貫いて噴き上げた、ある神秘的な啓示体験なのである。若きロランが、確実なるもの、「実在」と触れ合うことができた、三つの機会なのである。これら三つの体験は、それぞれ互いにちがってはいたが、ともに共通の「実在」に関連する形而上学的体験であった点でまったく似かよっていた。

　第一の閃光はこうして現われた……一八八二年の九月、ロランは母親と妹とともにスイス旅行をした。国境のフェルネーに立ち寄ったロランは、見晴らし台の上に立って眼下の風景に見いった。ほんの二〇秒間、ロランは、広がる自然の奥に、「ついに見た」のである。ロランは、その体験を回想して「自然の裸体を見た」と説明している。「自然の裸体」とは何か、おそらく個々の自然物の背後に、この自然を生んだ、ある能動的なものを感じたのではないか。そしてロラン自身も一個の自然の所産のように思われ、作られた自然としての自分が、自然の作る力に一体化し、一瞬、「自然の酔いごこちの躍動」を感じたのではなかろうか。

　第二の閃光は、それから二年後に、一六歳と一八歳との間におとずれた。それはスピノザ体験であった。

サン＝ルイ中学校の生徒であったロランは、スピノザの『エチカ』を手に入れ、これに決定的に影響される。スピノザの思想は、哲学史上、汎神論《はんしんろん》の立場に立っているといわれている。汎神論とは、宇宙、社会、自然の存在を認めたうえで、存在するいっさいのものは神の中に存在すると主張する立場である。この汎神論の立場は、二つの傾向をうちにひそめているといわれている。その一つは、世界はすべて神の力のあらわれであるという思想である。これは神中心の形而上学の立場である。その二つは、神は必ず形ある姿を通じて現われ、神は世界の全体であるという思想であり、この傾向は合理主義的唯物論の立場に近い考え方なのである。一口に汎神論といっても、この二つの傾向のどちらのほうに重点をおくかということで、かなり性格がちがってくる。汎神論は一方では唯物論への道も開き、他方では神秘的形而上学への道も開ける。では、ロランのスピノザの汎神論理解はどちらの傾向を中心とするものなのだろうか。ロランは「合理主義者としてのスピノザではなく、形而上学的実在論者としてのスピノザ」にひかれたのである。ロランのスピノザ体験は、世界を合理的に解明しようというスピノザに対してではなく、神への神秘的共感に基づくものなのであった。

若きロランはスピノザから、有限な事物、いまわしい日常生活も、実は神の手のもとにあるという自覚を得たのである。「『作りなす自然』（神）と『作られた自然』（自然・社会・人間）とは同一のものである。『存在するいっさいのものは神の中に存在する。』そして私もまた神の中に在《あ》る！」ロランは、この体験について「私を窒息させていた自分の個的存在という牢獄《ろうごく》（とらわれの身だ）とのあいだのせつない矛盾に対する輝かしい答えが見つかった！」とのべている。

第三の閃光は、ロランがエコール＝ノルマルに入学する少し前のころの体験である。ロランはフランス北方を汽車旅行していた。ところが、ロランの乗った汽車は、突然トンネルのまん中で止まってしまった。列車の灯《あかり》も消えた。乗客の不安、動揺。ロランは一人考えにふけった……暗やみの列車の箱は押しつぶされるかもしれぬ。だがぼくはとらわれ人ではない。ぼくの実体は空気より軽く、トンネルの天井をつき抜けて、宇宙の本質と一体化するだろう。……宇宙の実体と合致するかぎり、押しつぶされようと死にいたろうと、ぼくは実在とともにある。「ぼくはここかしこに存在する。いたるところに存在する。そしてぼくはいっさいのものだ……。」

スピノザ

それから一年ほどしてロランは、トルストイの『戦争と平和』を読んだ。主人公の一人ピエールは、モスクワからの退却の途中、フランス軍の捕虜となったが、ちょうどトンネルの中でのロランと同じ体験をするのである。捕虜の身であろうと、自分は万有とともにある。ロランは、トルストイが描いたこのピエールの体験と自分の体験との間に共通のものがあることを発見して感動した。

この三つの閃光、これらはほんの一瞬のきらめきである。けれども、日常生活の圧力の背後に実体ともいうべき存在があり、その存在の前では、日常の圧迫も無に等しい、という観念的超越の態度をロランに教えるのには十分であった。これらの体験も、結局、理論的には、スピノザの啓示ということとなるだろう。スピノザを神秘主義的によみかえて、現実の奥に神を見、神から現実を見かえし、現実の重みを忘れるという観念論がここにある。

ヘーゲルのスピノザ論

ここで、少し、スピノザ理解に関するヘーゲルの見解を紹介しておこう。ヘーゲルは、その『哲学史』の中で、「スピノザを無神論である」という人もいるが、むしろ、自分は、スピノザを「無世界論」と呼んだほうがふさわしいと思うといっている。たしかに、「神を世界から区別せず、神を自然、世界、人間の中に認めよう」とするかぎり、無神論といわれる理由は十分ある。しかし、スピノザの真意は、「世界といわれるものはそれ自身ではけっして存在しない」ということにあるのである。世界は、仮に現存しても「けっして真の現実性をもたず」、結局、「スピノザによれば存在するものは神のみ」なのである。だから、スピノザは、結局は神のみを認めて、世界の実在性を認めないのである。ここからヘーゲルは、スピノザを「無世界論と呼んだほうがよい」と結論づけるのである。

神を世界の奥に認めるかぎり、スピノザは客観主義者であった。世界の存在を一応認めるかぎり、唯物論に近接している。だが、世界より神を重視するかぎり、「無世界論」、反唯物論的形而上学と批評することができよう。ロマン＝ロランは、スピノザの「無神論」のほうに共鳴したのではなく、むしろ、「無世界論」のほうに共鳴したのである。これがロランの出発点であった、神秘主義、がっかりしてしまうほどの神秘主義者ロランがここにいる。もちろん、同じスピノザ理解に関しても、ロランはゲーテから、後述するように、むしろ、自然研究者として（自然の「原現象」を認めるかぎり神学的ではあるが）あるがままの、現にここにある自然を認めるリアリストとしての姿勢、「無神論」的傾向の姿勢を学ぶのである。この道はやがてはまっすぐにレーニンにまで通ずるのである。

多様なロラン

しかし、ロランの脱出孔はもっともっと多様であった。ここでは一つ一つの説明はあとまわしにして、その多様な姿をひとまず展覧しておくことにしよう。

一、形而上学的方向

「三つの閃光」からはじまって、（つまり、スピノザに代表される思想からはじまって）インド思想まで。

二、主観的イロニーへの夢

「私の少年時代には、絶えず健康が脅かされていた。私は深淵の縁にひっかかっているような気持ちだった。白刃を脇腹につきつけられているような残酷な現実に対して、詩と音楽――シェークスピアとワーグナー――あるいは彼らの蒼《あお》白い世嗣《よつぎ》で温室の草花である『象徴主義』の幻想的な夢の中に隠れ場所を求めた。」

つづいて第一次世界大戦が現われ「光明のないこの戦争の年月の間にペシミズムへと空想の魅力が再現

した。この主観的逃避と皮肉的態度は、「シェークスピアの夢」、『ピエールとリュース』、『リリュリ』などの作品となって結実した。

三、ドレフュス事件と「フランス革命」のオプティミズムへ

人間的自由と友愛の思想に基づく「行動の天才たちは彼らの英雄的オプティミズムをつたえた。このオプティミズムは私を救った。」ロランの「フランス革命劇」が結実した。

四、ベートーヴェンが、ロランの楽天主義を決定的なものとした。

「ベートーヴェンが楽天主義を目ざす闘いを助けてくれた。しかし何よりも多く、クリストフ、私の息子、戦闘の精神、創造する人間の彼が。人はどうして厭世的でありえようか。子供を生み、その息子が強くなり、また彼が成長するのを見るときに？」

ベートーヴェンはロランに、戦闘的ヒューマニストの姿勢を教えた。「苦悩をつき抜けて歓喜へ」という、ベートーヴェン的楽天主義は、人生とは闘って勝ち取るものであることを教えた。さらに、ベートーヴェンは個人を現世において完成させようとする、現世肯定的人間主義、個人の能力の地上における全面開花という理想主義的人格主義の代表選手であった。（もちろん、晩年のロランは、「汝自らを助けよ」というベートーヴェン像より、「神に最後の仕上げ」を求めるベートーヴェン像へと変身していくが）ここには自我主義者としてのロラン、スピノザ的実体への信仰ではなく、「人間的信仰」（『ベートーヴェンの生涯』の序）に生きるロランがいる。

五、地上の歓びを、たとえそれが断片的なものであっても熱烈に享受するという、享楽的エゴイズム。

『コラ＝ブルニョン』。

六、ゲーテからレーニンへといたる現実変革のリアリズム

ロランはゲーテから自然の法則に立脚した客観主義、自然研究の科学的精神、自然を不断の「生成」・「革命」・「発展」として把握する態度を学んだ。シェークスピアのように「人生を変えようとは考えないで、不変の海のような姿を見よう」とするのではなく、リアルに現実自体を変革しようとする態度をゲーテから学んだ。もはや、「落とし穴」からの「脱出」が問題なのではなく、「落とし穴」を作っている社会の構造を「変革」し爆破することが問題だ。この対象界の変革というゲーテの思想をあとづけながら、ロランは、唯物弁証法の立場、つまりレーニンにまで到達する。

これら多様なるロランの脱出孔を連関づけている哲学的原理は在在しないものなのだろうか。ロランの多様性のもつ構造式、その法則を解く方程式は存在しないものなのだろうか。ここでは、ロランの生涯、全作品を貫く哲学的原理を探求してみようと思う。

「真なるがゆえにわれ信ず」

二二歳のロランは、エコール＝ノルマル卒業の前年、哲学的信仰告白とでもいうべき論文「真なるがゆえにわれ信ず」を書いた。ロランは生存中、最後までこの論文を発表しなかったが、ロランの作品の中では最も論理的に体系化された文章がここにある。ある確実な信条をつかみえた青年の自信のほどがしのばれる。ロランはおそらく、自分一個の生き方を確定するために役立ったこの論

当時のロラン

文を、あえて他人の目の前に提出する必要はない、提出すべきではないと考えたのではなかろうか。この論文は次のようにはじまる。……「ぼくは二二歳だ。世の中のことはなにも知らない。しかし、たとえぼくがきょうまでわずかしか生活していないとしても、それだけでも自分の信念を確立するのに十分である。」ロランは、さらにつづけて、この「信念」に対して、「これから経験によってどんなことが加えられていこうとも、それによって変わるのはニュアンスだけ」で、その原型は変わらないと断定している。

ロランの全生涯、全作品に目を通すことのできる第三者の立場からみて、これから紹介するこのロランの「信念」は、たしかに「ニュアンス」、あるいはそれ以上の変転をとげたとしても、結局、ロラン全体の原型をなしていたと認めざるを得ない。ロランの全存在は、意外と二二歳の青年の手になるこの「信念」の（たとえ性格的変奏を経ようと）変奏曲にほかならなかった。まず、この「原型」をみてみよう。

ロランは「序文」の中で、まず、次のようにいっている。

「生きている万物は一瞬しか生きず、個別的なものである。個別的なものであるかぎり、かりそめのものなのである。この個別的なる万物は『普遍的生命』の閃《ひらめき》であるにすぎず、『生命』そのものではない。」

ここでロランは、個別的存在である万物、われわれの存在は、「かりそめのもの」であり、真の実在は「普遍的生命」であると主張している。個別より普遍、である。

ところがロランは、すぐつづけて、「もし世界が解明できるとすれば、その解明はわれわれ自身のうちに捜し求めねばならない。『存在』の底に触れることができるとすれば、われわれ自身のうちにおいてだけである。」とのべている。ここでは、普遍はたとえ個別より上位のものであるとしても、個別的存在であるわれわれ自身の存在を通じて以外、普遍に達することはできない、と主張している。個別を通じて普遍へ、である。この個別の存在を相対的に承認し、この個別に内在し、この個別のうちに普遍をさぐろう、という態度は、ロランの個人主義・自我主義の基礎理論となった。しかし、反面、個別は「かりそめのもの」であるとして、普遍を『存在』とみる態度は、ロランの神秘主義、形而上学的態度を生んだと同時に、ロランに歴史的社会の運行をその全体性において把握させる「宇宙的態度」をいだかせることともなったのである。ロランの主張する個別――普遍の原理は、スピノザの理論から自覚的に導き出されたものであることはいうまでもあるまい。

「神は全体であり、また遍在する。神は感覚のすべてであり、個々の感覚すべての総体である。」ところで、「個々の感覚群のすべては、自己意識をもっている。自我とか個人的生命とか呼んでいるものがそれであり、あたかも『小宇宙』というべきものである。」「自我の感情はつねに自己を主張する。そして神は全体であるのだから、神はその感情でもあるはずである。」だから、「自我は目だつような現われ方の一つをしている『神』である。ぼくは自分の感覚のすべての底に『神』を見いだす。」「ぼくは一瞬間の存在であると同時に、すべての存在でもある。ぼくは『神』であるとしても、反面ぼくは『神』の一部分にすぎない。」

神は自我の中にしかない。しかし、自我そのものは神の一部であって、神そのものではない。だから、われわれは、われわれの個別的自我から出発しながら、神の自我にまで達せねばならない。われわれの自我が、神の自我と一致することが「自由」である。「自由は相対的な自我においては意味をもたず、絶対的な自我において、はじめて意味をもつ。」

ここから、われわれに必要な二つの方向が明らかとなる。

① 個人的自我は「幻覚」であることを知って、この個人的自我を取り去り、「個人的なぼくでなくなり、ひたすらに絶対的な自我になりきる」こと。

② 反面、「人間は神の過渡的な化身《けしん》ではあるが」、この過渡的な状態、神が与えた「過渡的役割」を軽視することは正しくない。「その過渡的であることについて思い誤り、化身であることを十分に享受しなかったり、窮屈がったり」することは正しくない。われわれは、過渡的な存在であることを十分知ったうえで、われわれの生を生きよう。「われわれの過渡的な役割の中に、われわれの全部を注ぎ入れようではないか。」では、われわれは「いかに生きるべきか」、つまり、二つの方向をどう結びつけるべきか。一方では、個別的存在の役割を熱烈に生き、他方では、この個別的存在を神へと解消させる。個別者を相対的に肯定したうえで、これを、さらに高次のものに向かって解消させる、この個別者の神へといたる軽やかな移行のこと

をロランは「イロニー」と呼ぶ。

「イロニーの微笑が幸福を変容させ、苦痛に光を与える。」

世に美学史上、イロニーといわれるものにいろいろな形態があるといわれている。賢者ソクラテスが愚者のふりをして道理を説いた、この態度をソクラテス的イロニーといい、イロニーのはじまりであるといわれている。イロニー（Ironie）とは、「皮肉」と訳されるが、一般にはイロニーという言葉そのままのほうが多く使われる。最も有名なイロニーに、「浪漫的イロニー」というのがある。これは主観的自我を絶対な拠点として、日常的現象、世間を嘲笑《ちょうしょう》する態度のことをいう。これに対して、ゾルガーが主張した「弁証法的イロニー」というのがある。これは、主観的自我を高らかに肯定したのち、自分の意志からこの自我を神に向かって解消していく態度のことをさす。半ば自嘲的に、半ば自我自らと戯れながら、半ば神の光に酔いながら。ロランのイロニーは、この「弁証法的イロニー」に近い。「このとらわれの地上の生のくびきにおいて自由でかつ可能であり、苦しみのさなかにおいても幸福であり、われわれが死んでも不滅である神、自分がその神であると感じるという、酔うような安息よ、笑いよ。」ロランのイロニーは、地上の自己の生をそれが歓楽であれ苦痛であれ、その重みを軽減させ、仮象にすぎないものへと変化させる。次に、不滅である神と一体化し、こんどは神の立場からわれわれの生を支配するのである。「ギリシアの神々のあの誇り高い平静さ。」「われわれにわれわれの生を支配させるところの、あのイロニークであると同時に感動もしているオリンポスの神々のディレッタンティズム」がここにある。この「ディレッタンティズム」とは、生を支配したまま、その平静さのまま、生を熱烈に愛する態度のことなのである。要するに、個別的自我を解消し、神の側から自我を見かえすイロニーが、ロランの態度であった。ベートーヴェンの最後の言葉「喜劇は終わった。拍手せよ。」という言葉も、なかば自虐《じぎゃく》的に神の立場から自己の有限な努力を見かえして叫んだイロニーであったとみることもできるのである。

若きロランのイロニー的態度は興味深いものがある。だが結局、ロランはイロニーの人ではなかったと思う。イロニーの態度とは知的な微笑を秘めた神への憧憬《どうけい》である。神と同化しつつも、常に、この同化自身をも疑う知性の微笑である。信ずる前に疑う知性主義がここにある。イロニーとは信じたのちでもこれを疑う否定精神である。最高のイロニーとは、神をも否認する知性の懐疑でなければならない。イロニーは、個人性を脱却するディレッタント（知的に人生を静観する態度）であるにとどまらず、神をも疑う最高の知性であらねばならない。ロランは、一応、そのことを予期して「ディレッタント的な懐疑主義によって申しぶんなく幸福である。ぼくが終わりに『虚無』を信じるようになっても、ぼくはそれに甘んずることができる」と日記に書きこんでいる（一八八七年四月八日）けれども、ロランは懐疑主義者の自足した知性に、その皮肉な微笑に甘んずるには、あまりにも心情の人であった。ロランは「ぼくたちは自分が必要とするものを信じるだろう。懐疑がぼくたちにとってたえがたいのであれば、懐疑に対する絶対的な反駁《はんばく》を見つけておくだろう」とも書きしるしている。

結局、ロランは知性の夢、イロニーに徹するには、あまりにも心情の人、信仰の人であった。イロニーを自足した知性の快楽として受け入れるに際しては、ルナンの懐疑主義の影響がうかがえよう。だが若きロランは、むしろ信ずるものの欠如について悩んでいた。同じ日記に「そうだ、いつか、生涯のある時期に、ぼくたちは信ずるようになるだろう。」としるしている。もちろん、だからといってロランは信仰のための信仰を求める人ではなかった。「真なるがゆえに信ずる。」「すべてを疑うこと。わずかでも疑いを起こさせるものはすべて疑うこと。確固として疑えない一点だけ、『確実で堅固な最小限のもの』だけ」を必要とする。ロランは疑うだけ疑い、当時支配的だった懐疑主義の空気を十二分に吸っていた。けれども、ロランは知性によって懐疑主義をのりこえようとはしなかった。ロランは心情による信仰によって懐疑主義をのりこえようとした。ロランは、神をも認識しうると説いた合理主義者ヘーゲルの子ではなかった。ロランは「真なるもの」を信仰の根拠としたが、その「真なるもの」自体、理性の真理ではなく、結局は、心情、感覚する心、直観の真理にほかならなかった。心情の真をたて、この真に陶酔することが必要だった。ロランが、後年、そのベートーヴェン解釈に関しても、啓蒙主義的理神論を高く評価しつつも、結局は直観による神秘的同化を優先させることの理由、ヘーゲルからレーニンへといたる弁証法的合理主義に共感しつつも、結局は直観にのがれるロランの原型は、すでに、懐疑主

ベートーヴェン

義的不可知論を弁証法的理性によってではなく、非合理的直観によってのりこえたという基本的姿勢の中によみとることができるのである。性格的にいっても、ロランはレオナルド＝ダ＝ヴィンチよりミケランジェロに、モーツァルトよりベートーヴェンに共鳴する人であった。だがしかし、仮に、ロランが、ミケランジェロの狂信に共感することがもう少し少なく、レオナルド＝ダ＝ヴィンチの懐疑的シニシズムに共感することがもうすこし多かったら、また、善意の人ベートーヴェンのくそまじめさに共感することがもう少し少なく、モーツァルトの不遜《ふそん》な悪ふざけに共鳴することがもう少し多かったなら、信仰の人ロランの性格もかなりちがったものとなっていただろう！

私は感じる。ゆえに、それが存在する

では、ロランにとっての「真なるもの」とはどんなものであったのか。ロランは日記の中で次のようにいっている。

「ぼくはいわば感覚のスピノザ哲学のようなものを夢想しており、もう、思想のスピノザ哲学ではなくなっている」と。

そして、自分が出発すべき原理を「私は感じる。ゆえに、それが存在する。」と表現した。「ゆえに、私は存在する」とはいわず、ゆえにそれが存在するといったことの理由は何か。また、「それ」とは何か。「それとは、『非人格的なもの』、『存在』である。」ロランは、「ぼくが感じるとすれば、何ものかが存在するのである。」という一般的命題から出発した。しかし、この場合、個人的な感覚によって得られた「自我」、

「私」は「二次的なもの」であり、一次的なものは、「全体であるという感覚」である。「自我」は、その「全体であるという感覚」の部分として含まれるが（もしも感覚の一つでも欠けたら神はそれだけ貧しくなる）、全体から与えられた「役割」として含まれるにすぎないのである。したがって、「全体であるという意識的な感覚」の対象となるべきものが、『それ』、つまり『存在』なのである。「神は感覚のすべてであり、個々の感覚すべての総体である。」

「ぼくは自分の感覚のすべての底に神を見いだす。」しかし、個々の感覚の主体であるにすぎない個人の中にどうしたら「全体感覚」を見いだすことができるのか。それは、個人の「理性」の働きなのだろうか。ところが、ロランはヘーゲルとはちがって、理性をして神をみる能力とはみなさないのである。「生きた神のうちでは、理性にはなんの仕事もない。」「理性は自己を意識するだけである。理性とは神聖な感覚の低い形式であり、相対的な存在の形式である。」「理性は永遠性への窓である。理性は各人に、自己の狭い限界を垣間見《かいまみ》させ、その先にある、もう理性みずからはいない『生命』の広大な空間をのぞかせる。」では、どうしたら神は見えるのか。ロランはいう「感受性と理性とで見ることである」と。現前の感覚は、絶対に「現存的」なものを与える。ところが、理性は、絶対に「確実」なものを与える。現存的で確実なもの、この「双方を両立させること」が必要である。では、「神聖なる感覚」、「全体的な感覚」とは何か。それは、感覚のように感受性にとみ、理性のように確実な一つの能力、「直観」である。「直観」とは「『一者』に対する、現前の（現存的な）、深くて永遠の、それゆえに確実な『感覚』のことである。」

このようにして、ロランにとって「真なるもの」は、「全《まっ》き感覚」の志向対象、あるいは、その主体的内容であることが明らかになった。この「真なるもの」は、その性格上合理的なものではなく、非合理的なるもの、感覚的なもの、つまりは「生命」である。情動的なもの、つまりは音楽的なものである。この情動的・音楽的な神、この「音楽形而上学」は、ワーグナーを通じて、その祖先、ショウペンハウエル・ニーチェとひそかに連絡する。ロランの信仰、その哲学は、結局、感覚形而上学であり、感覚自体の内容への沈潜、並びにそれの外界への投入（感情移入）である。ロランはいっている。

「ぼくはもはや『実体』を単に『理性』の一表象として思い浮かべない。それ自体としてそれ自体によってあり、それのうちに全体があり、それによって全体がある『存在』をぼくは感じる。いろんな感覚がぼくをその啓示に導いたのだ。ヴィーナスの前での恍惚《こうこつ》、『パルジファル』の前奏曲、『トリスタン』（いずれもワーグナー）、それは爆発的な実在感だ……。ぼくは『存在』を次のように定義づける。すなわち、すべて、全体であるもの、全体感覚、全体であり完全無欠であり自由であるという感覚。最もよい感覚とは最大限に存在する感覚、個別的でない感覚なのだ」と。この「全体感覚」をロランは、「感覚のスピノザ哲学」と呼び、これの啓示への具体的体験をワーグナーに求めたのである。この「全体感覚」とは、要するに、個々の感覚の奥に流れる「意志」なのであり、感覚の流動する実体なのである。ロランの実在観は、きわめて、情動的であり、個別的完結にねらいがあるのではなく、デオニソス的拡大にねらいがある。ひと言にしていえば、ロランの実在は形而上学にまで神秘化された音楽なのである。

ロランを解く方程式

ロランは、生きるべき人間の理想を要約して、自ら三つの要点にまとめた。

一、ほほえむ清澄さ　イロニークな平静。われわれが神であることを知ること。われわれが神聖な幻想の戯《たわむ》れであることを知ること。明晰《めいせき》で鋭い目をもち、好奇的で平静なほほえみを浮かべてながめていること。ここでロランは個別的存在を『実体』の秩序の中に位置づけることを強調している。個別と実体との関係。ここでロランは、むしろ、信者のように盲信的ではなく、芸術家のように感覚的に「このほほえみは、使徒のように信じやすくはなく、見たり触れたり疑ったりする。」とのべている。

二、激しい情熱（ルネサンス）　自分の役割に自己のすべてを注ぎこみ、情熱的な生の力をくみとること。個別者の役割の強調。

三、トルストイの慈愛　個別者どうしの関係。他人の役割を愛し、その役割を実現したり、より美しくしたり、また劇をよりよくするために、演技をしている人々を助力すること。他人のうちにまで自己を広げること。行動し、愛し、与えること。

この三つの要点はロランの思想を解く、実によく整理された鍵《かぎ》となる。実体と個別者との間で、どちらの側面の比重が多くなるのか、その変化を解く鍵《かぎ》が一、の要点である。二、の個別者の役割は、後年、コラ＝ブルニョン――ソフィーア――ジャン＝クリストフ――リリュリと多様に変化しながら、主観的個別者の極を展開するのである。三、は個別者どうしの現実的関係・行動的関係・人道的博愛関係を規定する。この側面はトルストイからレーニンにまで拡大する。

では、この方程式を使って、ロランの多様な側面を関係づける法則を解き明かしてみよう。まず、現世における個別者の情熱的存在と神（実体）との関係。信仰家ロランとロランの楽天主義との関係。ロランの楽天主義も多様であるから（のちほどくわしく分析する）一概に論断することはできないが、巨視的にみて個別者の楽天主義と「実体」との連関は次のような次第である。まず、個別者と「実体」とは、ともに、感覚主義という共通要素をもっている。個別的感覚から「全体感覚」へ。この「全体感覚」への個別的感覚の陶酔的共感。この「全体感覚」を客観的実体の中ではなく、主観の中に、一つの「普遍的主観」という形で確立させようとした産物が、ベートーヴェンとクリストフである。この「普遍主観」、この個別者の主観を「実体」と連関づけるものは「イロニー」である。「普遍主観」は絶対者ではなく、結局は「実体」に回帰する。クリストフは死して生の流れと合一する。

ちなみに、厭世《えんせい》主義と「実体」との関連について触れておこう。厭世主義とは個別者の圧迫状態、個別者の否定状態のことである。厭世主義から「実体」への脱出とは、個別者肯定のイロニー的態度の度合いを少なくすることによって成立する。個別者の最も否定的な形での解消は「死」である。ところが、死はロランによると「多くの場合に苦痛である幻覚を破り去って絶対的な幸福に浸らせる」ものなのである。だから、生きても死んでも（楽天主義から出発しようと厭世主義から出発しようと）ロランの道は「実体」へと通ずる。

つづいて、革命的実践家ロランと神秘的「実体」との関係についてである。ロランは、まず、「虚偽の理想主義」と対決する。この「虚偽の理想主義」とは、「対象の実在を主観に依存させるような新理想主義」

のことをさしている。極度の主観的神秘主義（ロランにとっては、世紀末の象徴主義芸術のことをさす）との対決。ロランにも、主観的逃避の傾向がなかったわけではない。ロラン自らが認めるように、ワーグナーやシェークスピアの夢への逃避がそれである。しかし、ロランは、同じ観念論への共感をいだくとしても、体質的に主観的観念論より客観的観念論（具体的にはスピノザ）を選ぶ傾向をもっていた。さらに、ロランは、生涯「夢」と「行動」という対極的要素を体内にもっていた。「行動」とは、まず、トルストイ的人道主義（個別者と個別者との現実的関係）として現われた。しかし、この「行動」のテーマは、ゲーテの「情熱のこもった客観主義」へと導かれる。夢みる詩人ゲーテの客観的行動主義がロランに強い影響を与えた。やがて、夢までも行動に動員する唯物論者レーニンと結合する。

ゲーテもまたロランと同じようにスピノザ主義者であったが、ゲーテのそれは、ロランのものとはかなり相違していた。ロランのスピノザは、実在への神秘的陶酔《とうすい》が主軸をなしていたが、ゲーテのそれは、まず自然現象を科学的に探索する態度、合理的な自然研究が前提となっていた。この前提ののちに、自然の奥に「原現象」とか「能動的自然」とか「母たちの国」を認める点では、やはり、スピノザ主義であり、客観的観念論者のあいまいさを残してはいたが、前提となる自然研究の態度では、まったくのリアリストであった。この現象的世界の法則把握という点に関して、歴史家（芸術史家）としてのロランが最も近接した地位にいる。ロランの卓越した現状認識の力、その洞察力、批評家としての鑑識眼の確かさ、これらはすべてゲーテと共有するものなのである。私見によれば、ロランにとって、最も価値高いものとして最後まで残るものは、この対象認識の洞察力であり、最も早く消え去り、少なくとも賛成者と同じ数の反対者を生み出さずにはおかないものは、神に酔う神秘思想、生の海におよぐ音楽形而上学（ニーチェ・ワーグナーとともに限りなく魅力的であるから賛美者の数は容易には減少しまいが）であると思う。現存する自然と社会の「大きな必然性（ゲーテ）」を理解し、これに立脚した行動をよしとする態度（ゲーテからレーニンへいたる）は、ロランをして、リアリズムへと導いた。では、どうして、リアリスト、ロランと神秘主義者ロランとが生涯同居しえたのか。革命に加担することの最も多かった晩年のロランは、同時に神秘主義に共鳴すること、最もはなはだしかった。まずリアリズムと、ロランの神秘主義は、同じ「客観主義」の根をもっていた点をあげねばならない。ロランのスピノザは、主観的絶対者を「実在」とする（実体を主体とするヘーゲル）絶対主観（ヘーゲル）の立場ではなく、個別者の主観を超越する客観的実在に依拠するものであった。同じ客観主義（客観的観念論）の中で、現象把握と本質把握とが分裂して現われたとみるべきではないか。現象把握では、きわめてリアリスティックで、唯物論にまで近づき、本質把握では、依然として直観による同化という態度を残していた。ロランの客観像は、「現象」と、超越的で神秘的な「物自体」とに分裂していた。

ロランとゲーテ

ここでは、少し、ロランのゲーテ論についてみてみることとしよう。

ロランが、まず、ゲーテの特徴として強調するのは、ゲーテのリアリストとしての態度である。ゲーテは、主観的目的でかってに対象の色を染めてしまうような「新理想主義者」の部類には属さない。自然を前にするとき、自然の精神に透徹《とうてつ》することが第一義的なことであって、芸術の目的の素材にするために、自然を見つめたりしたことはない。ゲーテはいっている。「私は詩の目的のために、自然を観照したことはけっしてない。私はまずはじめに自然を描いた。ついでそれを科学的に研究した。自然の対象を正確に、恒久的に把握するために。かくして、私は徐々に自然を暗記した。そのいちばんの細部にいたるまでも。それで、詩人として、一筆必要な場合には、自然が私の命のままに来るようになった。で、私は真理に対して罪を犯すことは容易にないのである。」と。また、ゲーテという一個の「全体」、この「存在のピラミッド」、詩人で著述家であり、政治家・劇作家・宮廷人・科学者・行政官・教育者であり、恋愛し、創造し、また行動する、この「あるがままのゲーテ全体」、この男もまた「自然の一断片」なのであり、「自然と同じ素材」からなっており、「自然を支配すると同じ法則に従う」のである。ゲーテは書いた。「人間は世界を知っている度合いにおいてのみ自己を知る」と。ロランはこのゲーテの態度の中に、「忍耐強い、熱心な客観主義」をみていた。

ゲーテ

　つづいて、ロランは、対象的自然の尊重という「客観主義」に加えて、対象的自然と個的存在との間の「平行と類似」を認めようとするのである。ゲーテの客観主義に加えて、ロランは、ゲーテの「創造的精神」を対置する。ロランによると、ゲーテの「創造的精神」は、主観的能動性に原理を求めるべきではなく、「世界を知る度合いにおいて自己を知る」という客観主義の延長線の上で、「自然の核心を人の心のうち」に求めるのである。自然の法則を熱心に研究する客観主義のうえに立ってはじめて、その自然を暗記しつくしてはじめて、「自然が命令のまま来るように」なりうるのである。ここで、われわれは、自然の客観的洞察のうえに立って、この自然の運行を意識的に支配しうるようになるという、ヘーゲルからマルクス・エンゲルスにいたる、「必然性の洞察こそが自由である」という思想の片鱗《へんりん》をうかがうことができるように思う。

ところが、ロランの解釈は、マルクス・エンゲルスの思想とは若干ニュアンスを異《こと》にするのである。ロランによると、ゲーテの「創造的精神」とは、「インド芸術家の精神状態」にひとしいものであり、「対象の中に主観が神秘的に吸収されて、相互的に対象が主観となる」、「同化の実現」がその特質なのである。「ゲーテが自然について語るのではない。彼の中で自然が語る」のである。そして、語られる自然の内容は、「始源的な力の象徴」たとえば、「母たちの国」という表現であらわされた「能動的自然」なのである。要するに、ロランは、ゲーテの対象的自然を研究する客観主義を十分認めたうえで、対象の背後にある「物自体」、つまり、神秘的な「実体」をたて、これへの「主観の吸収」、「同化」、によって果たされた、対象の主観的把握を強調するのである。

とにかく、ゲーテの中に自然研究という対象的思惟《しい》の態度を認めたうえで、その性格に関して科学的合理主義の傾向を重くみるか、神秘的直観のほうを重くみるかで見解は分かれる。ロランがゲーテから学んだものは、科学的合理主義的対象研究の態度であった。ゲーテの目は酔うものの目ではなく醒《さ》めたものの目（光という客観的存在があってはじめて目が存在するというゲーテのリアリズム）であった。しかしロランは、ゲーテのこの冷たい目について学び、これと共感しつつも、結局、自己流にゲーテ像を再構成して、神秘に酔うゲーテ像をつくりあげて、やっと安心するのである。本質的に酔う人、つまり音楽家であったロランは、ゲーテと自然に依拠する客観的態度を共有しつつ、それぞれちがった自然像をつくりあげた。ゲーテは自然的現象支配の王者であり、ロランは（またロランによるベートーヴェンも）自然の本質への陶酔的同化の天才であった。だから、ゲーテとロランは、それぞれ入れちがいに補い合う関係にある。ロランは、ゲーテに酔う人を発見しようとしながら、結局、醒めた人、現象支配の王者、「知性の王者」としてのゲーテから多くを学んでいたのである。

ロマン＝ロランの著作『ゲーテとベートーヴェン』は、主としてこの問題をめぐる興味深い論究である。ゲーテの静的調和、その醒めた目は、けっして、単にリアリスト、ゲーテの生来の能力であったわけではなく、むしろ、克己的抑制の結果、人間的不安を抑圧し、衝動をあきらめて得た境地であった。ゲーテは、むしろ、体内に、常に「悪魔《デモン》」を感じていた。音楽的動乱の世界を知っていた。それゆえにそれを避け、欲望を押え、つとめて安定にとどまろうとしていたのである。ゲーテの「現象支配」の静寂は、人間的不安の「自制克己」の産物であった。ゲーテは、ベートーヴェンやロランと同じような、本質への音楽的陶酔の態度を知らないわけではなかった。いや、これを知りすぎていたがゆえに、これから意識的に遠ざかったのである。

ロランはゲーテについて書いている。

「息苦しいまでにおおいかぶせられたデルフィの月桂樹の下に、気むずかしいアポロンの威圧的なこの仮面の下に、だれが、神経質な鼻の皺《しわ》を、激しい失望を、致命的なまじめさを、心の奥底に隠されているあらゆる弱さを見抜きえたであろう。感動、病人の光景、死の姿、世界と自我の建築のあらゆる動揺、あらゆる不均衡、つまり悪魔《デモン》をこの人は避けたが、それはそうしたすべてのものを自分のうちにもっていたからである。ただ彼の知恵のみが、よく堤防を堅固にしえたのである。そうしたことがなければ、彼は水中に没し去ったことであろう。この生命の皇帝は、いかに脆弱《ぜいじゃく》な組み立ての上に自分の帝国が立っているかということ、またこの組み立てに対していかなる代価を支払ったかということを承知しているのである！　昔の伝説に出てくる職人の親方のように、彼は工事したもののまんなかに、女性の肉体を一つならずぬりこめたのであった！　彼は己《おのれ》の利己主義的な平和でなく、その作品の清澄と完成をあがなうためには、どれだけの犠牲を払わねばならなかったことであろう！　そうだ、ゲーテはベートーヴェンほど強壮でもなければ、頑固《がんこ》でもなく、男性的でもなかった。ベートーヴェンは常に戦っていた。彼は一歩ごとに衝突し、負傷した。しかし彼はけっして躊躇《ちゅうちょ》しなかった。傲然《ごうぜん》と額を上げて敵の中に切りこんだ。ところが、ゲーテのほうはけっして戦わなかった。けっして争わなかった。彼の自尊心と彼の弱さは、肉体と肉体との格闘に対する嫌悪《けんお》の中で互いに和解していた。彼は軽蔑《けいべつ》している相手に対しても、また愛している相手に対しても自分の身を危険におとしいれるような態度はとらなかった。彼は、ただ一つの、しかも常に同じ武器しかもっていなかった。つまり、障害に対すると、踵《きびす》を返してこれを避けるのだった。うしろをふり返ることなしに逃げるのだった。彼は目や精神の接触を避けた。彼の思考の生活は永遠の勝利であったが、人間の間における彼の生活は絶えざる退却であった。彼は遠ざかり、そして沈黙した。」「沈黙！　生命《いのち》取りの武器。ゲーテの大きな武器。」

ゲーテは特に、音楽を自分の平静をかき乱すものとして恐れた。その中でも特にベートーヴェンを。口をつぐんだゲーテは「幾年もの間、ベートーヴェンの名まえを口にしなかった。」つまり、ゲーテは、音楽の何たるかを、音楽のもつ悪魔的《デモニッシュ》な動乱の何たるかを知っていたのである。「ゲーテは音楽に理性を凌駕《りょうが》し、言葉も分析的な英知も近寄ることのできなかった境地にはいりこむ特権を堂々と認めていた。そしてそれを音楽の光栄とみなしていた。」ゲーテはエッケルマンとの対話の中で、「音楽はあらゆるものを支配している。そして何びともそれを説明できない効果を生むものである。」と語っている。ロランは、この「無意識的」な力を認めるゲーテを発見して「知性の王者たる大ゲーテが、晩年において、音楽的直観の王権を認めるにいたったことは、けっして小さな問題ではない！」といっている。ゲーテは、音楽がもつ「悪魔《デモン》」を知るがゆえに、感情を抑制し、音楽を避けた。「感情の抑制は、ゲーテにあっては、防御の本能であった。彼は彼の苦悩を、愛を、恐怖を、抑制した。」

さもあれ、不安を抑圧した結果得た境地であろうとなかろうと、たとえ音楽に共感するゲーテが存在しようとしまいと、結局、ゲーテは酔う人ではなく、現象支配の知性の人であった。反面ロランは、歴史家として醒《さ》めた目をもち、芸術評論家として鋭く曇りない知性を誇ることができたとしても、結局は、対象の本質を知的に洞察することに満足できず、これに心情的に酔う人であった。しかし反面、ロランはゲーテから、対象を知的に洞察し、これを科学的に支配する、現実支配の態度を学んでいた。

ロランがゲーテから得たもう一つの事がらは、歴史的現実の進行を「大きな必然性」のもとに見つめ、さらにその必然性を「極性と進行」という弁証法的「変形」の相において発見するという態度であった。ゲーテは「大きな必然性から出た革命はすべて正当である」と考えていた。「ゲーテの旗印は恒久の革命のそれであり、それは『運命』に対する永遠の突撃によって上昇し、日に日に、真理の破片をさらに一つ、『運命』から力ずくで奪いとるのである。」ゲーテは、存在の発展の法則を、自然研究の中からは「不断の引力と斥力《せきりょく》」、これらの原動力に基づく「持続的上昇」の力を発見していた。さらに、ゲーテは、この「継続的進行」の原則を人間の生き方の態度の中にも発見していた。「死して、生まれよ！」この原則は、「進化と革命」の原則である。「仆《たお》れる神々、国家、人々の良心と社会を揺さぶる地震……」「自然に対して信頼をよせる者、自然に同化せんとする者は、自然の不断の動き、その躍進、その『前進』を認めなければならない。『死して、生まれよ！』……動的要素が天才の視野にはいった。それとともに、前進する軍の、征服者の力強いオプティミズムも。ゲーテのアポロ的秩序（アポロとディオニソス、ニーチェの分類。前者は造型美術の静的秩序、後者は音楽の激情的陶酔）は革命の精神を孵化《ふか》する。ゲーテの精神が、永遠の『生成』の力と法則に同化することは、恒久的な『革命』であり、それは諸民族の今日の『革命』の中において成しとげられるものである。『生成』という観念はゲーテにおいて実に、深く現われているが、彼の存命中にすでに、ヘーゲルの弁証法によって法典化され、その弁証法は前進する世界に巨大な合理主義的方法の圏を設定するにいたった。その法則が定められるや否や、青年マルクスと彼の競争者たちは、思想と存在の総合が実現するのは観念においてではなく、行動においてであるということを発見する。ゲーテとヘーゲルが弁証法的発展の中に求めた主観と客観との結合は、実際的活動の中においてのみ、行なわれるのである。現実を変えるような社会的活動を決定するという目的が思想に与えられる。そして、このようにして、自らは気づかずに、ゲーテはレーニンに行く。」

この現実自体の存立を承認し、現実に内在する自己運動の法則を弁証法に求めるロランは、最も合理的精神に近づいた、リアリストとしてのロランの姿である。この現実的精神へとロランを導いた人物が、ほかならぬ、ゲーテとレーニンであった。

ロランとレーニン

ゲーテはベートーヴェンのような「戦闘的ヒューマニスト」ではなかった。しかし、自然と社会の発展を見つづける静観の目は、存在の革命的発展の実相を見抜いた。リアリストとしてのゲーテが、自ら知らず、ベートーヴェンとはちがった方法で「運命に対する永遠の突撃」

を行なうにいたったとするロランの解釈は興味深い。ここにも「リアリズムの勝利」が認められる。

ここで「リアリズムの勝利」と呼んだ事がらは、エンゲルスの芸術論に由来する事がらなのである。エンゲルスは、ある書簡の中でバルザックについて論じ、バルザック自身の世界観は、むしろ王権的封建主義の立場にあり、古い貴族の支配を望む側にありながら、実作の過程で、作中世界の進展の必然性がもつ真実の力に押され、主観的には同情をいだいている貴族たちの没落を描かざるを得なくなってしまった、といっている。このように、作中世界のリアリズムが、作者の見解、世界観をリードする関係のことを、エンゲルスは「リアリズムの勝利」と名づけたのである。ところが、レーニンもまったく同じ見解をもっていた。レーニンはトルストイを論じ、トルストイの信仰主義とかかわりなく、むしろ、それを裏切って、ロシアの階級闘争を描くリアリズムの力を認め、これを高く評価した。

ロマン＝ロランは、一九三四年、レーニンの死を記念する論文「芸術と行動」を発表した。その中で、レーニンのトルストイ論にふれ、レーニンのトルストイ解釈に賛同している。ロランは、レーニンにつづけて、トルストイは「自分では自覚しない潮流の『鏡』にほかならなかった」とのべている。「文学史家にとって興味のあるのは、ルソー・ディドロ・ヴォルテールなど、すべての先駆的大芸術家においては、彼らを凌駕《りょうが》しているもの、彼らが自らもっていながら、自覚しないもの、きたるべき時代に属するもの、もし彼らにして、それを予見したなら、否定したであろうところのものをまさしく見抜くことだと思う。それはレーニンが、彼の明敏な率直さをもって、特に彼が愛する作家について行なった研究であって、トルストイがいかに巧みに社会状態の虚偽と罪悪をあばいたか、トルストイの批判だけでもって革命の号令であるが、しかも実際の革命行動に直面すると、トルストイは恐怖と怒りをもって二の足を踏み、『否』といい、太陽の進行を制止しようと欲する神秘主義にのがれたか、この次第を説明したのである。」

このレーニン論は、同時にロランのリアリズム論としても興味深い。作者の意識や見解を打ちやぶっていく力を実作の中に認めているのである。ただし、ロラン自身に即して、もう少しくわしくみてみると、必ずしもエンゲルス・レーニンのリアリズム論にすべて合致していたといいがたい面がある。「リアリズムの勝利」という場合、作中世界が作者をリードし、実作実践が作者の意識をリードするという面にとどまらず、作中世界自身が歴史的現実の反映であるという関係が重要である。歴史的現実→作中世界→作者の意識という三重の層があるのである。だから、たとえ、作中世界の発展、作中人物の成長が作者をリードしたとしても、歴史的現実を反映するという方向とはまったく逆の方向、たとえば神秘的なインドの森へ連れこんでしまうこともあるのである。この場合、もはや「リアリズムの勝利」とはいわない。また、作中世界が作者の自覚を上回る内容を展開したとしても、これが現実のより深い反映という形ではなく、単に作者の無意識の欲望を開示したにすぎない場合も「リアリズムの勝利」とは呼

レーニン

ばない。

ロランは、その実作を見るなら、むしろ、作中人物が、思わぬ「生の哲学」の神秘へと誘ったり、作者が意識しなかった潜在的欲望を拡大してみせたりする役割を果たす度合いが大きく、現実反映の方向は、むしろ弱い。もちろん、作品の中で第一次世界大戦を予見したり、ファシズムへの闘争を描いたりする面でのリアリティーは十分評価すべきではあるが、それも個々の事象でのリアリティーにとどまり、作中世界の全体において現実のリアリスティックの反映であったとはいえない。作品全体では、むしろ、生命の流れのほうが優先して（もし、世界の本質が、ロランのいうとおり生の流れなら話は別だとしても）しまっている。

ルカーチは、「芸術と客観的真実」という論文で、例のバルザック論にふれたのち、バルザックと反対に「詩人の主観が勝利をおさめる」タイプの創作方法について次のように論評している。

「詩人の世界観と、詩人によっていったん構想の立てられた作中人物のもつ内的弁証法との間の闘いにおいて、詩人の主観が勝利をおさめ、そして詩人自身が立てた非常に雄大な構想を詩人の主観が破壊してしまうことも、非常によくあることである。」

とのべている。ところでロランの場合はどうであろう。ロランは主観的な詩人に属するであろうか。実作において作者の主観を優先させるタイプであろうか。一概にそのように断定することはできない。そのことは前述のレーニン論をみてもわかるし、クリストフに導かれて立ち上がるロランの姿をみてもわかる。ロランは、作中人物の「独《ひと》り歩き」を認めている。しかし、この「独り歩き」が、現実を反映するための「独り歩き」ではなく、自分で真理を発見するための「独り歩き」であるかぎり、真実は客観性を失い、結局、作中人物の主観が、発見し体験し承認したかぎりでの真理以外認められないことになってしまう。つまり、この場合、真理は作中人物の主観に対して相対的なものにとどまってしまう。その結果、作中世界は、歴史的現実とは異なる独自に完結した世界になってしまう。これではとうていリアリズムとはいいがたい。ロランの作品は、結局、作者の潜在的欲望（無意識な欲望）の実現、それの拡大鏡、作者のなしえなかったことの実現、これによる当の作者の救済という宗教的役割を多分にふくむものとなってしまっている。

レーニンの夢

では、リアリズム芸術とは、常に実作において作者の見解を裏切るべきものなのだろうか。逆からいうと、作者の世界観の内容はあまり重要なものではないのだろうか。けっしてそうではない。実作が見解をリードするということは、実作を通じて見解自身も成長変化するという関係を示しただけであって、見解の成長・発展を前提としたうえで二者の一致こそが望ましいのである。エンゲルスも、不一致をおかしてでも「リアリズムは勝利」するといったのであって、相互一致をけっして否定していないのである。むしろ、不一致を礼賛すべきではない。むしろ、知性が実作を裏切って保守化し後退することを警戒すべきである。ロマン＝ロランもそのことを知っていた。「レーニンのように、行動の首脳者の知性は、実作と矛盾する際、知性のほうに固執し引退する知性とは根本的に対立する。レーニンの場合、その異常な論理によって、思想と行動とは一体をなすのであるが、それは石化した非人間的な意味において一つの魂となるのではなく、前進する時代の生命そのものや、その本源的な法則と同化する生命の流れとなるのである。」

ロランは、さらに、レーニンの中に、行動と矛盾し、これよりおくれる知性ではなく、むしろ、逆に行動に先がけ、次の行動を予見することで行動と一致する知性の存在することを認めていた。ロランは、この予見する知性のことを「レーニンの夢」と名づけていた。もちろん、この先がける知性も、行動に反した幻想に酔うものであってはならない。だから「夢」には二つの種類がある。一つは行動の指針としての夢、他は行動にそむく幻想としての夢である。「夢と現実との間に二種の違った不一致がある。私の夢は事件の自然の歩みを進捗《しんちょく》させることもできるし、事件の自然の歩みが全然来ないわきに身を避けることもできる。前の場合の夢は悪くない。夢はいい。それは力を維持し、強化することができる。その中には、仕事の力を麻痺《まひ》させたり、あるいは逸《はや》らせたりするものはなにもない。むしろ、まったくその反対である！　もし人間がこのように夢みる能力を奪われたなら、そしてときに前方に駆け出すことができず、自分の手でやっと型ができかかったばかりの仕事の全貌《ぜんぼう》を想像によってながめることができなかったならば、精根を涸《か》らすような自分の広大な事業を計画して、はるかな終局まで運びつけることが、どうしてできようか。夢をみよう。ただし、その条件として、私たちの夢を真剣に信じ、現実の生活を注意深く検討し、私たちの観察と私たちの夢とを比較対照し、私たちの夢想を慎重・綿密に実現することが必要である。」ロランは、このレーニンの言葉を引用して、「夢と行動は握手」し、「行動の人は『夢想すべし』という」と結ぶのである。

ちなみに、ルカーチも「批判的リアリズムの現代における意義」という論文の中で、レーニンの夢について次のようにいっている。

「レーニンの『夢見』とは、冷静でリアリスティックな革命的方策が完全に実現されたのちに、そこから何が展開しうるのか、いや、それが正しく立案されて実施されるならば、何が展開しなければならないか、についての、情熱的で明晰《めいせき》な展望にほかならないのである」と。

ロマン＝ロランとルカーチとではレーニンの「夢見」に関して完全に見解が一致している。ロランはいう。

「レーニンにとって、幻影はない！　幻影への逃避はない！　彼は力強い、恒久的な、幕間のない、現実に対する敏感性をもっている。行動から逃避する人々に対して、苦笑、冗談と皮肉と優しい憐憫《れんびん》と、少しの軽蔑《けいべつ》の混じった笑いを禁じえない。レーニンは芸術の夢を知っている。芸術の夢が、一つの力であり、戦闘への一つのささえであることを、またそれが常に行動に参加することを望むのである」と。

このようにして、ロランは、夢のもつべきリアリティーを捜し求めて、ついにはレーニンにまで達するのである。ロランの思想的生涯は、結局、行動とそれに結びついた現実への予見的洞察とでもいうべき夢と、大いなる英雄的幻想としての夢（フランス革命の英雄心への幻想、宇宙的実体としてのスピノザ的神への幻想、リリュリ的主観的逃避とイロニーの幻想）との間の分裂、レーニンとともに後者を拒否しつつも、ついにはその魅力に抗しがたく、その二つの夢の抗争から脱しきれないという性格のものであった。シェークスピアの夢は、ロランの一つの逃げ場であった……われわれは夢と同じ素材でつくられ（テンペスト）……。ロランは、『道づれたち』の中で、自分を統《す》べた原理を要約し、「夢想」と「行動」と「自然の精神を娶《めと》れ！　自然の力への同化、その精神に自己を変化させること」の三つにあるという。行動は夢と自然を結ぶきずなである。幻想と自然の客観性とを結ぶきずなである。幻想による行動から、自然法則に基づく行動へ。見るより酔う人ではあっても、十分に見つめながら行動へ、ただし、幻想より、もっと自然的リアリティーへ。そして、結局は、自然的リアリズムと幻想的夢想との間の世界観的動揺に生き、この動揺を実践した人、レーニンと生の哲学という幻想的実在との間を往復した人がここにいる。ロランの「生の哲学」（感覚のスピノザ主義からインド思想まで）とレーニンとは矛盾を避けることはできない。われわれは、レーニンとインド思想との両翼をロランの多様さの表現であるなどと考えるべきではない。ロランの神秘主義は、むしろ、ロラン自らがくだしたレーニンの「夢見論」に、はっきり矛盾するものなのだから。

ロマン＝ロランとペシミズム

世紀末のペシミズム

一八六六年に生まれたロランの青春時代は、一九世紀後半の世紀末と呼ばれる時代に属している。

世界最初の社会主義革命の試みであった、パリーコンミューン（一八七一年）は、人々の革命的情熱をかきたてただけに、その挫折《ざせつ》のあとの絶望は深かった。天才詩人、ランボーが彗星《すいせい》のように現われ（詩作期間は一八六九〜一八七三にすぎない）、革命をたたえ、革命の挫折に絶望し自ら筆を折ってしまったというその時点で、ロランの若い生涯がはじまるのである。

経済と科学の進歩と並行して、ペシミズムは時代の代表的思想の一つとなった。当時の代表的思想はまず第一に、経済の発展に相呼応する功利主義、第二に、当然それの帰結である懐疑主義および不可知論である（これは実利以外の価値を人生に問う必要はない、人生の究極的価値を問う必要はない、また社会存在の実体となるべき法則は知ることはできないとする立場である）。第三に、このブルジョア社会の成果を消費しようとする享楽主義である。このようにして、人間性を伴わぬ経済の発展と享楽は、社会と歴史とを哲学的に無価値にしてし

1934年ころのロマン＝ロラン

まったのである。ルカーチは彼の著書『理性の崩壊』の中で次のようにいっている。

「ペシミズムは、何よりもまず、あらゆる政治的行動が無意味であることを哲学的に基礎づけることを意味する。」

つまり、ペシミズムは歴史上のあらゆる進展が、無価値であり、人間性の進歩となんのかかわりもないという世界観をつくりあげた。したがって、この世界観は現実変革を求める政治的行動もまた無意味なものと位置づけられ、体制の「間接的弁護論」ともなっている。これがペシミズムの哲学を構成する第一の構成要素であるが、この絶望感は、心情的には、『世界苦』という言葉で表現された。ゴーリキーはこの時代のことを次のようにのべている。

「一九世紀は『進歩の世紀』という偉大な称号を受けた。この称号はまことにふさわしい。この世紀に理知な自然の諸現象を科学的に研究し、その盲目的な力を経済的な利益に従わせながら、かつてない高さにまで到達し、そして幾多の『技術の奇跡』を生み出したのである。……しかし科学的な思想とならんで、他の思想がそれに劣らず活発に働いていた。それはブルジョアジーの間に、『世界苦』なる名で知られている傾向——厭世主義の哲学と詩とをつくりだした。」

ルカーチによると、このペシミズムの哲学は、一つには社会と歴史を哲学的に無価値にすること、二つめにはブルジョア的エゴイズムを絶対化することがねらいであった。さらに「普通のブルジョア的エゴイズムも、ショウペンハウエルでは、人間そのものの変革されるべからざる宇宙的特性であり、いや、それどころか、あらゆる現存の変革されるべからざる宇宙的特性」となるのである。ここにキリスト教における原罪の教義が再現されてくるのである。人間の罪は人間自身の力でとうてい救いがたいほど根深いものであるとすることによって、革命による人間性の変革を嘲笑する哲学となる。この意味でも、『世界苦』なるものは、やはり体制の「間接的弁護論」であり、革命的世界観の反対であった。このような精神風土の中で、世紀末のデカダンスが花咲き、精神的活力は衰退する。ゴーリキーは「『ヨーロッパの没落』（シュペングラーの著書の題名でもある）はヨーロッパの精神的な衰退、才能の枯《こ》渇《かつ》、組織的な観念の貧困にほかならず――そうしてこれらのあらゆる現象はただヨーロッパだけの特徴ではなくて、南北両アメリカいな全世界的なものである。ブルジョアジーの明るい星は、空から姿を消してしまったのだ！」といっている。これがベートーヴェンよりも約一〇〇年近くおそく生まれたロランの時代であったのである。

ルカーチによる時代区分

ルカーチはブルジョア哲学の発展を三つの主要な時期に分類している。

第一の時期　一九世紀の最初の三分の一、一八四八年まで。古典的ブルジョア哲学。この時期の哲学は、社会にブルジョア革命をもたらした法則、さらに社会に進歩的解放運動をもたらす発展の究極的原理を求める熱意に裏づけられていた。当時の哲学は、自然科学と社会科学との間にいきいきとした交渉があり、それらからの成果を十分に含み、同時に諸科学の総括をも行なった。「それゆえ世界観は、哲学の本来の対象であり、それ自身が絶え間のない社会の進歩の有機的産物であり、社会の各発展段階における学問的活動全体の完成、必然的結論であった。」「この時期の思想家は、現実に対する鋭敏で強健な感覚をもっている。彼らの誤謬《ごびゅう》すら世界史に属する。なぜならこの誤謬は、歴史的必然性に対応する英雄的錯覚から生まれているのだから。」哲学者としてはカント・フィヒテ・ヘーゲル。文学者としてはシラー・ゲーテ。音楽家としてはベートーヴェン。

第二の時期　ブルジョア社会が、はっきりと帝国主義の段階にはいるまでの時期。一八七〇年前後。この時期は進歩的階級としての性格が消えたブルジョアジーの階級的妥協の思想面での反映である。一八七一年のパリ－コンミューンののち、各国で労働者階級の階級的準備がはじまったが、同時に、最初の修正主義が発生しはじめる時期でもあった。この時期のブルジョア哲学は「認識論の面での不可知論として現われる」。不可知論とは、事物の本質は人間にとって認識不可能であるとする説である。これは第一の時期と対称的である。総括的世界観や、社会的存在の法則や原理を追求することをやめる。この時代の哲学の主流は講壇哲学（大学の中の講座で行なわれる哲学）で、それは、思惟の形式的合理性や、価値意識の構造を専門化した知識として研究する。「この哲学は、体系的な世界観をつくろうとするすべての探究を原則的に拒否する」。新カント主義または実証主義哲学。古い機械的唯物論の更新。同時にショウペンハウエルの「人生は無価値であり、無意味である。」というペシミズムが流行する。

第三の時期　一八七〇年以後。帝国主義の段階の反映として「前の時期の徹底的な不可知論のかわりに、世界観的問題の研究の再開」が特徴的である。ところが今度は、それを新しい虚偽の世界観として、つまり神話という形で再開される。これは第一の時期のような社会の進歩の合理的反映ではなく、退廃する社会への神話的慰謝と美化のためのものとなる。神話的世界観の成立とは、第二の時期のように意識内部の構造性の追求にとどまらず、その意識がなんらかの対象と野合することをねらいとすることからはじまる。しかもその対象物は、あくまで意識の構成物としての対象である。その結果、神話化は新しい疑似客観性の創造を招いた。しかも意識はそれ自身客観的存在であるという仕方で、存在と意識との限界をあいまいにし、唯物論でも観念論でもない、意識と存在との相互関係を根拠とする世界観を提示する。ニーチェが神話化の原型をつくった。このようにして、第二の時期で、総括の役割をいったん捨てたブルジョア哲学は、再び、神話という形で現象の総括を行なうようになった。世界の全体像（世界観）を求めるという点では第一期と似かよっているが、ここではもはや、その世界像を理性的・合法則的なものとして発見しようとする態度は捨て去られ、何か情趣的な実在観が支配的となった。偽《にせ》の客観との情趣的一体化（ロランにあっては、スピノザ的実体という偽客観への情趣的陶酔）という形態をとった。したがって同じ自然でも、科学の対象としての自然、意識から独立して存在する客観的存在としての自然ではなく、なんらかの形で人間の情趣と和合する自然に変わっている。ロランが出発したのは、この第二期からであり、この二期を神話的信仰でのりこえたという意味で典型的に三期の世界像に生きた人物であるということができる。

ロランは一八七〇年には四歳であった。ロランは、ニーチェを一度も読まないうちに「生の哲学」を体得している。ロランは、一八九〇年にジャン＝クリストフの原型として「笑う獅子《しし》」を発見した。そのとき、ロランはまだニーチェの『ツァラトゥストラ』を読んでいなかった。しかし「私たちはニーチェが存在することを知る前から、すでにニーチェ的雰囲気《ふんいき》を呼吸していた。」と、ロランは語っている。このようにして一九世紀後半の神話は、何よりも「生の哲学」「生の形而上学」の形をとって現われたのである。

信仰家としてのロラン

以上の三つの時期の中で、ロランと思想的に反対の立場のものは第二期である。ロランは三期の方法論（神話的信仰）によって第二期をのりこえ、第一期の理想をパロディー（作り変え）の立場から再現しようとしたのである。もしレーニンとの思想的交渉がなければ、ロランの思想はまったく第一と第三期の要素で説明されうる。

ロランはあらゆる面で第二期と対立する。懐疑主義に対して信仰を、享楽主義に対しては禁欲主義を、不可知論に対しては生の形而上学を、芸術至上主義に対しては民衆芸術を対置させる。特に重要なのは懐疑主義に対する信仰――特に人間信仰である。ロランの小説中の重要人物（コラ＝ブルニョンをのぞいて）はすべて信仰深い素質をもっている。この人間信仰‐ヒューマニズムは、ロランのオプティミズムの基礎を形成している。しかしさらに重要なものは、ロランにおける「生の哲学」である。ロランの神は、不協和音を包括したうえでのポリフォニー（多声音楽）、またはアルモニー（和声）として調和的であること、調和的であるがゆえに万人を調和せしむる「統一《ユニテ》」であることが特徴である。ロランの信仰はこの人間信仰と形而上学的生（神）への信仰の二つの側面の統一である。ロランはこの信仰をささえとして世紀末の厭世主義をのりこえるのである。しかも、その信仰が人間信仰である限度だけ、その信仰はオプティミズムと結びつく。そしてこのオプティミズムは、ロランの時代の帝国主義戦争へ傾斜していく絶望的な時代と、ロラン個人の苦闘に満ちた生涯と激しい対称をなすものである。

㈠　人間信仰

ロランのオプティミスティクな作品、『ジャン＝クリストフ』が書かれた動機は失われかけた人間信仰を取りもどすことにあった。ロランは『ジャン＝クリストフ』の構想を宿している当時の心境を次のようにのべている。

「私はかの『広場の市』に苦しんだ。それは思想のあらゆる大通り、あらゆる舞台、政治、演劇、書物、新聞をいっぱいに満たしている。その山師気質が私にとってはいやらしかった。味気ないその腐敗の悪臭、力もなく率直さもない不毛の精神的放蕩《ほうとう》、真実な深い人間性が完全に欠如していることに私は息がつまりそうだった。彼らは私のあらゆる泉に毒を注いだ。私にとって神聖な、美・善などにまでも……。」思想家・作家としてのロランが試みたことは、第一に人間不在の芸術を打ちやぶる「人間の叙事詩」を書くことであった。病んで卑小になった人間に対して力強い性格をもった高邁《こうまい》で情熱的な人間を描き出すことであった。そのための理念を提供したのがシラーの芸術論であり、実際のモデルとなったのがベートーヴェンである。ともに第一期の人間である。ロランは自分のよりどころとしたシラーの言葉を次のように引用している。

「現代の悲劇は、時代の精神の無気力、麻痺《まひ》、性格の欠如、知的卑俗さなどと戦わなければならないことである。したがって現代の悲劇は、性格と力とを示さなければならない。心を揺さぶり、それを高めるようにつとめなければならない……純粋な美は幸福な国民たちにとっておかれる。病気にかかった世代を相手にするときには、崇高《すうこう》な感情によって彼を揺り動かさなければならない。」

ロランは自分のこの信仰への熱意を、「私がはいりこんだ社会を蝕《むしば》んでいた有毒な懐疑主義に対する反逆的衝撃」であるとのべている。カトリシズムをも含めて「いっさいの信仰を愚弄《ぐろう》して滅ぼそう」とする懐疑主義に対してロランは常に信仰の側にあった。ロランが八年間も妻として愛したクロチルドと離婚せねばならなかったのも、クロチルドが信仰的性格でなかったからである。『魅《み》せられたる魂』のアンネットが、結婚せずに母となり社交会から追放されたとき、それにもかかわらず求婚してきたマルセル＝フランクの求愛を断わったのも、彼が自由であっても信仰のない懐疑主義者であったからである。

人間性への信仰はロランの中で最もすぐれたものであった。ゴーリキーは、ロランに次のような適切で美しい言葉を送っている。

「フランスにおいて、そこで行なわれた悲劇のあとで、これほど元気のこもった本を作り出すには、奇跡を生み出すことができるほどの心をもたなければならない。これは祖国の人々、フランス人に対してゆるぎなく雄々しい信頼をささげた本である。彼がこのような信頼をもっているということのゆえに、わたしはロマン＝ロランに敬意を表する。……私はもうずっと前から、ロマン＝ロランはフランスにおけるレフ＝トルストイであると思っていた。ただし、それは理性に対して敵意をもたず、あの恐ろしい憎悪《ぞうお》をもたないトルストイである。」「ロマン＝ロランは生粋《きっすい》のフランス人として、ほんとうに自由な人として、あくまで頑強《がんきょう》で勇敢《ゆうかん》である。何千もの老いぼれた人たちが、レーニンの死を喜んで、にくにくしげにこおどりしたとき、彼はそうした人たちに向かって静かに、手短かに『レーニンはわれわれの時代の事業の最も偉大な人であり、最も無欲な人である。』といった。こうしたことをいいうるためには、自分が正しいということをかたく信じていなければならない。」

(二)　生の形而上学

ロランの信仰のもう一つの要素、それは、生の形而上学、または「汎神論的理想主義」である。ロラン自身、幼児のころから病身で弱々しく、夢にのがれやすい傾向をもっていた。男性的でプロメテウスのように闘うベートーヴェンに対して、ロランは克己的禁欲主義で闘ったのである。ロランはあふれるような生命の力には恵まれなかったかわりに、フランス人としてめずらしいほどの音楽的気質に恵まれた。ロランは自分の肉体の力に酔うことはできなかったが、自然のふところにいだかれて酔うことができた。

とはいえロランは、知性の力の範囲をせばめなければ成立しないような信仰はすべて認めていない。歴史家としてのリアルな目をもつロランは、『神』の法則に従って生きながらも、この地上の法則も考慮していこう。」といい、『ジャン＝クリストフ』の作家ロランは「われわれの個人的役割をできるだけよく演じよう。」という。が、結局は地上の法則も、個人的役割もそれを位置づけている全体者＝神の一プロセスにすぎない。それらはすべて過ぎ行くものにすぎない。宗教家ロランはいう。「『宗教』の目的とするところは、宇宙の中の存在の階級組織におけるわれわれの正しい位置を守らせながら、しかもそのわれわれを『神』において生きさせることである。」この神は、各自我の底に見いだされる。ロランの神は「生命」の源である。万物がそこから発生し、その役割を果たしてまたそこに立ちかえる、永遠に流れる川である。芸術的創造の源もこの神の力＝生命力である。ロランにとって「信仰」とはこの「生命」の力にあずかることを意味する。「信仰」が強ければ強いほど「行動」も力強くなる。「いっさいの生は信仰の行為である。信仰なしには、生はたちまち崩壊するであろう。」とか「われわれの信仰はわれわれの力の尺度である。われわれの信仰の偉大さはわれわれの存在の伸長によるものだからである。私がより多く存在すれば、いっそう私は信ずるのである。」といっている。

　したがって、ロランによると、社会の中の革命も「繁殖力の豊かなシヴァ（インド教の三位《さんみ》一体《いったい》の第三の人物で、破壊を代表する）の更新力」の仕業《しわざ》となってしまう。ジャン＝クリストフが他人の妻と姦通《かんつう》し、それを捨てて逃げ去っても、クリストフの生命力＝神のなせる業《わざ》となってしまう。ルカーチは、きわめて適切にも「素《そ》朴《ぼく》だが首尾一貫せぬ唯物論は、必ずしも常に反動的な要素をまったくもたぬとはいえぬ自然神秘主義に転化する。」とのべているが、このことはそっくり、ロランの「生の哲学」についてもあてはまる。ロランの「生の

『リリュリ』のさし絵
（作　フラン＝マズレール）

哲学」は、一方では生き生きとした人間の自然力の肯定であり、生命の歌である。けれども、その生命肯定も、多くは、人間の本能的な衝動感をそのまま肯定するという自然主義の域を出ないものになってしまう。この自然主義者《ナチュラリスト》ロランは、意外と一足《いっそく》飛びに「自然的神秘主義」、生の形而上学へと連絡してしまうのである。ロランの人間主義は、その生命主義のゆえに、意外と生の哲学、その神話的形而上学へと連絡してしまう。ここに、ロランが第三期の神話の時代の思想家である特徴がはっきりと表われているのである。この神話のゆえにロランを詩人として評価する人もいるけれども、やはりロランの偉大さをくもらせる役割のほうが強いであろう。ルカーチは、ジャン＝クリストフや、コラ＝ブルニョンの創造が、他の西欧諸国で類をみぬほど豊かで、現実性をもつものであるとのべている。が、一方彼らをとりまく現実との関係の抽象性を欠点として指摘している。ロランが神話に陶酔《とうすい》する分に応じて小説の中からリアリズムの後退が行なわれるのである。まさにその分だけオプティミスティックな人間像は誇張されてもくる。

　信仰家ロランは、神＝生命力＝善と置いた。神は、不協和音を含みつつ、究極的には調和の神である。ロランは、ベートーヴェンやミケランジェロのような個人的情熱の嵐《あらし》を知ってはいたが、「ほんとうの『デモン』はただ、『統一《ユニテ》』をつくる『デモン』、主《しゅ》であるそれである。」とのべている。ロランにとって、「統一《ユニテ》」をつかさどる神もまた、一つの「生命」、つまり「デモン」であったのである（デモンとは悪魔的衝動ともいわれる人間を動かす情熱的衝動のことである）。

さらにロランの信仰は、「統一《ユニテ》」の中で万人が融合することの可能性に到達する。人間は、他人の魂を愛することによって神を感じうるとロランはいう。「『神』とは魂たちが互いに触れ合う、道の交差点である。……ただ一つの『魂』がわれわれに生命を与えている。それは限りなく大きく、また多声楽的《ポリフォニク》である。そして『愛』はみごとな和音のきずなであるが、その和音とは闘いと抱擁《ほうよう》と双方で作り出されるものである。」

以上見てきたように、ロランの神は調和の神であり、現実の人間信仰から出発して、現実の欠点を補い、これを調和へともたらすものであった。だから、彼岸《ひがん》的ではあっても、現世での完成を仕上げ、これを引き上げるための力であったし、その形態は神秘的であっても、その内容においては生命を肯定するオプティミスティックな神話であった。

敗北のペシミズム

ロランの中ではペシミズムとオプティミズムの二つの力が生涯を通じて、対立しあっていた。ロランは『道づれたち』の序文で次のようにいっている。

「いくたびとなく、経験したことは、人間の相互の離間反目の主なるものは、思想のそれでも利害のそれでもなく、むしろ気質《テンペラマン》のそれ、すなわち、オプティミズムとペシミズムという根本的対性に要約されるものだということである。それは互いに敵の家である。私は彼らをどちらも私の内にとめていた。そして私の生涯のすべての仕事は彼らを和合させようと努めることであった。」

ロランのオプティミズムは、生の神話と、内面での不断の闘争によって（克己的禁欲主義とまでいえる）得られたものなのであるが、そうしなければオプティミズムに達しえなかったロランは、生地においてはたぶんにペシミストだったともいえる。ジャン＝クリストフのようなオプティミスティックな人間像は、理想化され、誇張されたきらいがあるのに対し、『敗れし人々』やロランの描くミケランジェロなどに代表されるペシミスティックな人間像のほうが、悲しい鎮魂曲のようにかえって切々《せっせつ》と胸に訴えるのはなぜなのだろうか、ロランが悲しみをもって描き出した平凡で心のやさしい人間の哀れな運命のほうが、疑いもなくリアリスティックである。戦争の犠牲になる『ピエールとリュース』、悲しいイロニーの『リリュリ』などのほうが、作品としての完成度が高いのである。ここには、人間性のむなしさと悲哀をじっと悲しげに見つめるチェホフと同じようなリアリスティックな目がある。『敗れし人々』は、実際にロランがクロチルドとの離婚を決意する中でこっそりと書かれている。ロシアでは史上最初の社会主義革命が行なわれようとしていた時代である。この戯曲は一八九七年に書かれたものであるが、長く発表されず、一九二二年になってはじめて発表されたものである。

『敗れし人々』

舞台は中部フランスの小工業都市。工場支配人メイエールは工場労働者を大量に馘《くび》り、ストライキにはいった労働者との間に不穏な空気が流れ、暴動寸前の状態にある。主人公ジョルジュ＝ベルティエは歴史学の教授、四〇歳。妻マルグリットは三五歳で、息子シャルル一二歳、妻の病身の妹フランソワーズ一八〜二〇歳と四人で暮らしている。ベルティエと妻マルグリットは結婚して一五年になるが、二人の考え方はことごとに対立し、すでに愛情はさめて二人の間は冷たい。姉とは正反対に心のやさしいフランソワーズは、心の中でベルティエに恋している。理想主義者ベルティエは、社会の正義の問題で悩み、労働者に無関心でいられなくなっている。彼は資本のつごうで労働者がいつでも路頭に迷わされる不合理に対してメイエールをなじる。しかしメイエールは、国家の利益とあればそれもしかたがないと応酬《おうしゅう》する。争議の指導者ジャルナックは、このようなベルティエをなんとかして自分の党派に引き入れようと思っている。妻のマルグリットは、夫のそうした思想を危険視し、息子に監視させている。おりから、飢えのためスト破りをしたイタリアの労働者アンジオリノが労働者の袋だたきに合い気絶して、ベルティエ・メイエール・郡長が居合わせたカフェにかつぎこまれる。ベルティエは、ここでも労働者の党派の中で仲間争いを見いだし暗然とし、イタリア労働者に同情する。ベルティエはジャルナックにくってかかるが、ジャルナックは、すべての国の労働者が結束するいちばん大きな障害は祖国という名だと答える。ベルティエはますます興奮し、郡長の目の前で、祖国を呪《のろ》ってしまう。

「うむ！　祖国が！　この言葉だ、正義への途中いたるところで出会わすのは。この障害にぶつかれば、どんな善意も砕かれる。それはあらゆる偽善がひそむ隠れ家だ！……祖国全体と、祖国のために粉砕されているこの一人の男と、どっちを選ぶかについて、ぼくは一刻たりとも躊躇《ちゅうちょ》しない。……彼は生涯のはじめから、祖国によって搾取《さくしゅ》されたのだ。……彼は他人の喜びと自由のために最初からささげられた犠牲だ。そんな犠牲は、聖人だってできそうもないことだ。怖《おそ》ろしい絶望なしにそれを耐えしのぶためには、われわれのうちで、いちばん強い、いちばん賢明な者の魂が必要だと思う。ところがあなた方は、あなた方の同胞のうちでいちばん弱い、いちばん素朴な、いちばん頼りない者に、そんなことを強制しているのだ！……あなたがたの祖国は憎しみと殺戮《さつりく》の機械にすぎない。あなた方の富は横領物にすぎない…。」

郡長は、公務員たるベルティエを馘にする決意をする。イタリア労働者アンジオリノは、ベルティエの中に真の友を発見する。馘《くび》になりそうなベルティエに対して、妻マルグリットは郡長のところへ謝罪に行くように責める。ベルティエの行為は家族に対するひどい利己主義であり、「なりそこねの文士の自尊心」のためや、「インテリの虚栄心」のために妻の立場や息子の将来を犠牲にすることだという。妻の妹フランソワーズは、ベルティエに同調する。ベルティエは、実際馘になった。ジャルナックは、熱心に筆の立つベルティエを自分のほうに引き入れようとする。しかし、ベルティエとジャルナックはあまりにも考え方が違っていた。革命家としてのジャルナックはコチコチの現実主義者、力と生命力の賛美者として描かれている。

「俺《おい》らが人生に要求する権利があるのは、いちばん強い、いちばん類の多い、いちばん生きている人間を、少数の堕落した連中のために窒息させないということだ。これが俺の正義の理想じゃ！　力と生命じや。世の中でそれを増すものはすべて正しく有難《ありが》てえのだ。」「戦争だよ。俺らは戦争を呼び寄せるんだ。戦争は力に勝利を与えるんだ。力は善《よ》いものだ。」

これに対してベルティエは、歴史はじまって以来、暴力は不正の横ぐるまを押しつづけ、どんな「高潔な理想」も、「愛の努力」も、「高貴な知性」も、ことに「自由の精神」を一瞬にして押しつぶしてしまうものだと考える。ベルティエは、この戯曲を書いたころのロランと同じように、正義や自由な精神は党派をこえた地点にのみ存在すると信じている（晩年のロランは、レーニンの立場――すべての真理は党派性をもっている――を承認している。「ロマン＝ロランと革命」の項参照）。ベルティエは、ジャルナックたちの未来を認めつつ自分の道は同じでないとし、ジャルナックの党派にはいることを拒む。

しかし、ベルティエはすでに事件の中にはいりこんでいた。第一に彼は職を馘になり、さらにこれは意外な結末を生んだ。ベルティエを愛したイタリア労働者アンジオリノは、ベルティエを馘にしたかたき討ちを企て、工場支配人メイエールを刺し殺してしまう。ベルティエは間接的に人を殺したことになり、逮捕は時間の問題となる。ジャルナックの情婦サラは、再度ベルティエに思いきって暴動に参加するようにすすめにくる。しかし、ベルティエは「純朴《じゅんぼく》な子供のような魂《こころ》」をもったアンジオリノを殺人者にしてしまったことに打ちひしがれてしまう。彼は生きていく気力を失っていく。「どうして生きていくか？　人生は残忍な、狂った機械だ。その一つの音符にふれるたびに、思いもかけない、怖《おそ》ろしい音が発する。善を計画しても罪悪に変わってしまう。」と彼は叫ぶ。一方、フランソワーズもベルティエに対する愛情がマルグリットに発覚し、追い立てをくって途方にくれ、二人の愛は敗北の中でめぐり合う。二人で人生をもう一度やり直そうか、とベルティエは迷うが、もうおそいと思う。フランソワーズはもうマルグリットと闘うのも、ベルティエの裁判にたえていくのも、暴動の中で人を殺すのも耐えられないという。二人は、このようにして敗れ、自殺してしまう。暴動の最中にベルティエの死を聞いてジャルナックは叫ぶ。

「俺らはとっ捕《つかま》って、島流しにされたり、銃殺されたりはするだろう――だが敗れることは、断じてねえ！……おい、いいか、敗れるということは、ここで（自分の胸をたたいて）自分が敗れたことを認めて、闘争をあきらめるときだけだ。」

以上がこの戯曲の大要である。

ロランの『敗れし人々』に代表されるペシミズムは、ブルジョア哲学の第二期の世紀末のペシミズムとはまったく性格を異にしている。世紀末のペシミズムは、ヒューマニズムに対する懐疑《かいぎ》と侮蔑《ぶべつ》に由来《ゆらい》している。これに対し、ロランのペシミズムは、人間的なものの現実での挫折、つまり敗北のペシミズムなのである。(1)人間的なものと、革命という動乱とをいかに調和させるか、という苦悩（『敗れし人々』のベルティエの場合）、さらに(2)革命に限らず一般に暴力的動乱の中で、やさしく弱々しい魂はどのようにして現実の「生」を生き抜くかという苦悩（『ピエールとリュース』。『敗れし人々』のフランソワーズの場合）などを内容としている。

(2)の場合においては、その人の革命観にかかわりなく人間の気質の問題が大いに関係してくる。『敗れし人々』の中のジャルナックや、マルグリットはどんな時代でも順応して生きていける強靱《きょうじん》で実際的な気質であり、ジャルナックにいたっては動乱の時代のほうがはるかに生きやすいであろう。ウィリアム＝ジェームスは、人間の気質を「強靱な心」(toughminded)と「やさしい心」(tenderminded)に二分類している。ジェームスによると「やさしい心」の人はオプティミスティック、「強靱な心の人」のほうがペシミスティックであるという。つまり、「やさしい心」の人のほうがより人間性を信じているということである。しかし、強靱さの力に欠ける「やさしい心」の人は、現実の闘いでは敗北を喫《きっ》する度合いが多い。ベルティエやフランソワーズは「やさしい心」の典型であり、現実では「敗北」する。だから、人間的にはオプティミスティックでも、敗北を避けえない、人間的なものは現実では勝利しえないという敗北のペシミズムがここにある。「強靱な心」の人は、比較的、自分の経験の力や体力を信じ、人間性の理念などを軽視する。ベートーヴェンは、「強靱な心」のもち主でありながら、人間性の理念への高い感受性を合わせもちえた稀《まれ》な人物であったと思う。それがゆえに、ベートーヴェンは、敗北したベルティエをのりこえて、「悩み闘い、やがては勝つ」人物の生きた実例として、よくロランの模範となりえたのである。

ロマン＝ロランとオプティミズム

『ベートーヴェンの生涯』

『ベートーヴェンの生涯』はロランの著作の中でも特に重要なものである。ロランの名をはじめて世におし出したのがこの著作であり、おそらく今でも、ロランの他の著作の中でも最も広い読者をもっているのではないか、と思われる書物である。この著作の中で、ロランは、ベートーヴェンを偉大な天才として賛美したのではなく、音楽家としての個性を論じたのでもない。ベートーヴェンが一人の人間として、いかに生きたか、を問題としている。その意味で、この著作は、数多いベートーヴェンに関する文献の中で独自の価値をもつものなのである。この中では、ベートーヴェンが、音楽家として天才であったばかりでなく、同時に最も高邁《こうまい》な人格であったことが、証明されている。ベートーヴェンの高邁な人格は、音楽家をのりこえて、すべての人間に勇気を与える教師たりうることの理由が、この著作を通じて明らかにされている。ロランは次のようにいう。

「思想もしくは力によって勝った人々を私は英雄と呼ばない。私が英雄と呼ぶのは心情によって偉大であった人々だけである。彼らの中の最大な一人、その生涯を今ここにわれわれが物語るところのその人

ベートーヴェンの
ライフマスク

がいったとおりに『私は善《ボンテ》以外には卓越の証拠を認めない。』人格が偉大でないところに偉人はない。偉大な芸術家も偉大な行為者もない。」

「心情によって偉大」である意味は、ヒューマニストとして偉大であるという意味である。ロランは、このヒューマニストたちの中で、「強い純粋な」ベートーヴェンを第一においている。


ベートーヴェンは一七七〇年に生まれている。一七八九年のフランス革命のときに彼はちょうど一九歳であった。革命の精神はヨーロッパ全土に浸透しつつあった。これが若いベートーヴェンの心をしっかりととらえる。実際に彼は、フランスの大使や将軍と親しく接する機会をもつことができた。フランス革命の影響は決定的なものであった。

「こんな交遊からベートーヴェンの心には共和主義的な感情が形づくられた。そしてその感情の強大な展開を、われわれは彼のその後の全生涯の中に見るのである。」

その後、ウィーンにいたベートーヴェンは革命軍の勝利を目の前で二度も見ている。

「一八〇五年一一月に『フィデリオ』の初演を聴《き》きにきたのはフランスの士官たちであった。」

ベートーヴェンの音楽の壮大さ、ドラマチズム、生き生きした感情は、フランス革命が、彼の心に惹《ひ》き起こした影響を如実に示している。ロランは次のようにいう。

「ベートーヴェンの音楽は音楽の中にはじめて生まれた真に革新主義的な音楽である。大きい歴史的事件が、もろもろの偉大な、そして孤独の人々の魂の中に惹《ひ》き起こす印象の緊張と純粋とをありのままに示しつつ、時代の魂が、そこに生き生きと再現されており、しかも内生活の力を感銘させる度合いは、現実的事件の関与によって少しも弱められてはいない。」

ベートーヴェンの精神は、共和国の偉大な理想に輝いていた。そして彼は歴史上、最初に宮廷のおかかえ楽師を脱し、ブルジョア的に生きた音楽家であった。彼は諸侯と同じように誇り高く生き通した。彼の生活は、楽譜の出版の報酬、音楽会の報酬および、友人である貴族の援助などでまかなわれた。彼は、いつも貧乏であった。そして音楽家にとって最大の苦しみである耳の病に二六歳のときから襲われはじめている。すなわち、個人的にはけっして幸福ではなかった。にもかかわらず彼の音楽は、力強く、楽天的で、真に革新的であった。

ベートーヴェンの世界観は楽天的・戦闘的ヒューマニズムである。それは、人間的なものが、現実に勝利を占めうること、人間を救いうるものはただ一つ人間自身の力によってのみ可能であること、そしてそれらはすべて闘い取られねばならない、ということを意味する。キリスト教的ペシミズムの伝統のヨーロッパで、ベートーヴェンのような倫理的な人間が世界観のうえで楽天的であったことは特筆されねばならない。これは彼の時代が、まだブルジョア的ヒューマニズムが戦闘的であったことと非常に深いつながりをもっている。ロランは、ベートーヴェンが、アメリカの独立戦争に心を奪われていたことを記《しる》している。アメリカの「独立宣言」が出たのは一七七六年であり、独立戦争は一七七五〜八三年に及んでいる。「独立宣言」に表われた自由・平等・人民主権の思想は、ヨーロッパに浸透していた。ベートーヴェンの親友シントラーによると「彼は無限の自由と国家的独立との主張に荷担していた。……だれしもが国の政治にたずさわりうることを望んでいた。」つまりベートーヴェンは地上の人間的国家を期待していた。この楽天的夢は、晩年の最後の「第九交響曲」によっても証明される。彼の夢は、自由な人間同士の兄弟的連合「万人よいだき合え」であった。

この現世的な理想主義者ベートーヴェンは、個人的生活の中でも常に闘っていた。彼の闘いは超人的であった。彼は、あの火を盗んだプロメテウスのように「運命」と格闘した。彼は、致命的な耳の病に絶望し、「愛する人との結婚を不可能にする不安定な生活状態」に絶望し、有名な『ハイリゲンシュタットの遺書』を書いた。一八〇二年、三二歳のときであるが、彼は死ななかった。当時の彼のヴェーゲラー宛《あて》の手紙は、すばらしい迫力をもってわれわれの胸に迫るものである。

「僕《ぼく》の体力も、今ほど強まっていることはかつてない。……僕の若さは今はじまりかけたばかりなのだ。一日一日が僕を目標へ近づける。─自分では定義できずに予感しているその目標へ。おお、僕がこの病気から治《なお》ることさえできたら、僕は全世界を抱きしめるだろう！……少しも仕事の手は休めない。眠る間の休息以外には休息というものを知らずに暮らしている。以前よりは多くの時間を睡眠に与えねばならないことさえ、今の僕には不幸の種になる。今の不幸の重荷を半分だけでも取り除くことができたらどんなにいいか……このままではとうていやりきれない。――運命の喉元《のどもと》をしめつけてやる。断じて全部的に参ってはならない。おお、人生を千倍にも生きられたらどんなにいいか！」

これは恐るべき戦闘への意志である。彼を徐々に窒息させようとする宿命的な病気に立ち向かうばかりでなく、「人生を千倍にも」大きく闘い取ろうと攻めていく姿勢である。この思想は、ギリシア以来の人間の全面開花の思想であり、またゲーテのファウストの思想でもある。ゲーテはファウストを通じて次のようにいっている。

人間全体の受くべきはずのものを
この内の我《われ》で受けて味わってみよう。
この己《おのれ》の霊で人間の最上のもの
　深甚《しんじん》のものを捉《とら》えて
歓喜をも苦痛をもこの胸の中に積んで
この自我を即人生になるまで拡大して
遂にはその人生というものと同じく滅びてみよう。

この中には二つのことが含まれている。第一に個人の諸能力を全般的に開花させること、第二に人類のもたらした文化遺産のすべてを個人の身に吸収するということである。

ベートーヴェンの思想を要約すると、㈠世界観として楽天的・現世的・理想主義であること㈡これらの理想を実現するためには常に戦闘的でなければならない。与えられた現実に対し、順応し、享受し、絶望するというのではなく、闘って人生の姿を変革したうえでそれを受け入れるという思想態度である㈢したがって、それは戦闘的個人主義である。当時の歴史の中では、個人を解放し、個人の全面開花を勝ち取ることは、戦闘的意義（革命的意義）をもっていた。神にすがるのでなく、「汝みずからを救え！」という言葉が、最もよくベートーヴェンを表わしている。

そのようにベートーヴェンは一生傷つきつつ闘い、「自分の不幸を用いて歓喜を鍛え出」し、「悩みをつき抜けて歓喜にいたれ！」という言葉を人類に遺《のこ》した。「第九交響曲」における喜びの賛歌は、自分みずから己《おのれ》を闘い取ったもののみが知る喜びに満ちあふれた現実感のこもった音楽である。

『ジャン＝クリストフ』

ジャン＝クリストフはベートーヴェンをモデルとして描かれた人物であるといわれているが、一概に実在せるベートーヴェンの忠実な再現であるとはいいがたい。ロラン自身次のようにいっている。

「ジャン＝クリストフにベートーヴェンの一肖像画をみて取ろうとはしないようにくれぐれも用心してい

ただきたい！　クリストフはベートーヴェンではない。彼は新しいベートーヴェンであり、ベートーヴェン的タイプの英雄であるが、ベートーヴェンが生きたのとはまたちがう一つの世界の中へ、われわれの時代の世界の中へ投げこまれており、そして自立的存在である。彼自身は、全体を通じて、現代のわれわれの一人である。一八七〇年から一九一四年にいたる、すなわち、西欧の一つの戦争からその次の戦争までのあいだの、あの世代の雄々しい代表者である。」「復活したベートーヴェン、これは今日（当時のロラン）のパリへきて闘う大音楽家である。」と。

では、クリストフはベートーヴェンをテーマとする変奏曲とでもいうべきなのか。しかし、一概に変奏曲であるともいいがたい。なぜなら、変奏曲の場合、基本となるテーマは同一のものでなければならないが、ベートーヴェンとクリストフとでは基本的性格においてかなり相違するところがあるからである。英雄的克己主義、外界との不断の闘争、状況の変革、個人の独立などの姿において共通するところを多くもちながら、思想の性格においてかなり相違するところが多い。私はむしろ、『ジャン＝クリストフ』はベートーヴェンを原型とするパロディー（作り変え）であると思う。この「新しいベートーヴェン」は、すでに、相互にちがう時代の庭に植え変えられた新しい樹木である。しかし反面、クリストフは「自立的存在」であるとしても、あくまでも再び作り変えられた「自立的存在」なのである。

『ジャン＝クリストフ』は、一九〇三年に書きはじめられ、約一〇年後の一九一二年に完成している。ロラン、三七歳から四六歳にいたる時期である。描かれた作品の時代は一八七〇年から、第一次世界大戦までの時期、つまり、普仏戦争、パリーコンミューン、資本主義的独占化のはじまりから、帝国主義戦争までの時期がその舞台である。それに比較して、ベートーヴェンは、フランス革命からナポレオン時代を経て、神聖同盟の時代までの作家であった。マルクスは、「ヘーゲルはどこかで、すべて世界史的な大事件や大人物は、いわば二度生ずるものだ、とのべている。だが彼は一度めは悲劇として、二度めは茶番として、と、つけ加えるのを忘れた。」といっている。この、二度めのベートーヴェンは、果たして「茶番」であっただろうか。

確かに「茶番」といわれる点を多くもっていると思う。確かに一度目のベートーヴェンにも幻想はあったが、二度めのベートーヴェンでは、それは一段と拡大されている。独占資本主義の段階で、自由競争の段階と同じ個人主義を主張することは、それ自身ですでに幻想の度合いは大きくなってくる。ベートーヴェンにとって、個人の独立ということは、進歩的思想であったし、時代が要求する理想でもあった。けれども、ロランの時代では、ブルジョアジーとプロレタリアートとの階級対立から除外された小市民的ヒューマニズムの内容となるにすぎないものへと変質してしまっていた。だから、クリストフのほうがいっそうドン＝キホーテ的に見えてくるし、そのしぐさが、当のベートーヴェンのエピソードを素材とすればするほど、わざとらしい。ベートーヴェンの時代にあって、ブルジョアジーは進歩をになう階級であった。けれども一八四八年をくぎりとして、ブルジョアジーは進歩を推し進める能力をすでに喪失していた。それに加えて、一八七〇年から二〇世紀にかけての資本主義的矛盾の激化という現実がある。この状況に、ブルジョア的ヒューマニズムの理念を改めて掲げ直すということには、一つの時代錯誤がある。このロランの幻想は（その「フラソス革命劇」についてもいいうることであるが）小市民がもつことのできる、最後の、そして最大の、最も英雄的な幻想である。

クリストフは、独占化段階という状況下での、ベートーヴェンの「パロディー」である。では、ベートーヴェンの作り変え（パロディー）によって、本質的にどのような変質を受けねばならなかったか。ベートーヴェンにとって、個人主義の思想は歴史を動かす力であった。しかし、ロランの時代にあって、歴史を動かす基本的な力は、マルクス・レーニンの道（プロレタリア革命）以外にはありえないものとなっていた。だが、この道にすすむことのなかったロラン＝クリストフは、堕落したブルジョア社会という実在に対して、社会変革の立場から対決することはできなかった。なしえた方法は個人的反抗と個人的超越である。この立場は『戦いを超えて』まで一貫している。つまり、実在するこの堕落した社会は、仮象であるにすぎず、やがては消え去る無であることを、ある力強い主体の前にあらわにすることが必要である。「新しいベートーヴェン」であるクリストフは、当のベートーヴェンより、いっそう対象界を仮象化し、主体的に現実から超越しようという浪《ロー》

ラインを見つめるクリストフ
（マズレールによる『ジャン＝クリストフ』さし絵）

漫《マン》的イロニーへの度合いを多くしている。

クリストフは対象界を軽視する。どの愛も女性も彼を引き止めえず、彼は「行きすぎ（ニーチェ）」る。祖国からも脱出し、罪業からすら脱出する。どの対象もクリストフを引き止めえず、彼はこの束縛《そくばく》から、主体的に超越し、個人的行動で脱出する。彼自身はますます「美しき魂」へと、つまりブルジョア的個人主義（古典主義）の最高の理想である完成した個人の境地へと「自己教養」していく。対象界は、輝かしいクリストフの成長につれて、ますます仮象・無に等しくなる。これと同じく、愚かな独占資本主義もひと思いに消え去ってくれさえしたなら、いうことはない。だが完成した個人の存在の前で、社会が自らの堕落を恥じ、自らを解消し、「美しき魂」の福音に耳を傾けると考えたなら、それこそ「大いなる幻想」である。

「笑う獅子」クリストフは、「反抗」の化身《けしん》である。対象を虚無化し、自らを「普遍的主観」たらしめようという「雄々しい努力」の化身である。ロランは、晩年、『周航』の中で

「『朝』の終わりから『新しい日』のはじめまでジャン＝クリストフ武勲詩は『反抗』のそれである。その反抗とは、そとから（芸術上の因習、道徳上の偏見、偽善、社会的無秩序、害虫にかじられている過去の屍《しかばね》、『広場の市』）彼を窒息させ、彼を抱擁して彼に害毒を注ぎこむいっさいのものに対しての生命の反抗である。その反抗は前進する『行動』である。」とのべている。

クリストフは、与えられたままの条件を喜んだり悲しんだりして、これを受動的に受け入れるのではなく、闘って条件を変革してこれを享受《きょうじゅ》するというベートーヴェンの子である。だが、このころのロランにと

って、とらわれの存在としての人間を解放し、この人間に意義を与えるための努力は、プロレタリア革命の問題としてはとらえられなかった。中産的小市民としてのロランにとって、クリストフの行動がまず果たさねばならなかったことは、人間を圧迫し束縛する対象的世界、したがって「とらわれの存在」は仮象であることを明らかにすることであった。人間的主体の意義は、自ら行動によって対象界を虚無化する実践主体を実在せしめることによってのみ確立される。したがって、クリストフは対象的世界が仮象であることを実際の行動で証明せねばならず、かかる行動の主体がそれ自身の内部で充実し、内的に完結したものであることを示し、実際そうなってみせなければならない。

この、外界への反抗と主体の確立というクリストフの態度は、外界の法則に立脚して外界を変革するというゲーテ的客観主義の反対物である。しかし、このクリストフの態度が、この著作全体（老年のクリストフを含めて）を永遠の青春の書たらしめえた理由である。世界とともに自由になるのではなく、世界に反抗して自由となるというのが、若者の唯一最大の欠点であると同時に、若者のもちうる唯一最大の特権でもあるのである。クリストフは、ロランの作品の中で、最も楽天主義の立場に立つ（戦闘的ヒューマニストとして）人物であると同時に、現実的個人の確立という点でもまた、スピノザ的普遍の対極となる主観的個別者の側面を最も深く掘りさげえたという意味で、独自の地位を占めるものなのである。『ジャン＝クリストフ』という著作は、偉大なる自己形成の書である。個人の性格の完成という広大なテーマに基づく「教養小説」である。この個人の確立ということは、同時に、相互に個性のちがう他者とその精神的富をわかちあうという行為を前提とする。クリストフ（ドイツ）、オリヴィエ（フランス）、グラチア（イタリア）、これらの個性の統合は、ヨーロッパ的精神の統合というロランの理想の具象化されたものであるばかりでなく、世に存在する精神的個性のあらゆる多様さを吸収し、一人の個人が、十分にその能力や個性を開花させ、一個の「全体的個人」に達しようという理想の具現でもあるのである。クリストフは、このようにして、個人が、個別者のままで、いかに普遍的な個性となりうるか、いかに普遍的主観として実在しうるか、というテーマへの挑戦なのである。ここでは、普遍性は、個人をこえたスピノザ的実体の側にではなく、クリストフという個人に内在するものとならねばならない。

三つの柱

ロランは、自ら『周航』の中で、『ジャン＝クリストフ』の精神的要素を三つに要約してわれわれに示している。克己的禁欲主義、融解している生、女性グラチアの「恩寵《おんちょう》」の三つがそれである。ロランはいっている。

「克己的禁欲主義は花崗岩《かこうがん》である。魂のこの鍛練、この熱烈なピューリタニズム、純潔と雄々しい努力への激しい愛好は、存在し、そして持続することを欲するあらゆる人物にとってどうしても必要な巌《いわお》である。それがなければ日常生活の泥《どろ》っぽい潮のしつこい吸盤に吸いつかれて人格が腐食され、ぼろぼろになる。防御の一法則、それは、自分の存在の中に救うべき諸価値を感じているあらゆる男または女が果たさざるを得ない一法則である。きわめてやさしい心をもち、生まれつき抵抗力によって生きるよりもむしろ帰依傾倒にふさわしい性質の人々の場合も例外ではない！　私が描いたアントワネットとオリヴィエはそのような性質であったが、高貴な性質の人間は、果たさなければならない一つの神聖な使命を運命から受けると、自分の生まれつきの性質をため直すことができるものなのである。」

この「克己的禁欲主義」をめぐって、ゴーリキーは、次のようにいっていた。「わたしはロランを楽天主義者だとは思わない。彼は理想的禁欲主義である」と。わたしは、このゴーリキーの規定に賛成である。ただし、ロランの克己的禁欲主義には二つの層があると思う。その一つには、「帰依傾倒」をそのまま信仰へと絶対化する宗教的禁欲主義があり、もう一つには、「帰依傾倒」を打ち破り、現実的変革と勝利へ向かって戦闘する英雄的理想主義への同化がある。クリストフにあって、ロランは、行動的自我主義というべき、現実的戦闘主義の方向に向かって「克己的禁欲主義」の態度をとりえた。もちろん、ベートーヴェンの理想主義は、それ自身タフな行動に満ち、禁欲的であるよりは、もっと野性的な戦闘と勝利に満ちていた。ロラン自身は、ベートーヴェンよりずっとオリヴィエであったので、ベートーヴェンにはあってロランには欠けているタフな心性を、禁欲的克己主義で補わねばならなかった。だが、生来は「楽天主義者ではない」ロランも、この「禁欲的理想主義」の助けをかりて、楽天主義者へと転身することができたのである。

このクリストフの「苦業精神」、これは「山脈の花崗岩」である。しかし「底には火が燃えている」。「融解している生」。「一八八八年のスピノザ的精神の爆発の中で魂は発火した。そしてその火は花崗岩とその後の歳月が広げた植物的な地表との下で燃えつづけてやむことがなかった」。

クリストフの精神的風土には、多分に「生の哲学」の傾向を感ずることができる。宇宙の実在は「生の流れ」である、という思想である。『ジャン＝クリストフ』という小説自体、川の流れにたとえられ、「大河小説」といわれる。幼いクリストフが、ライン川をながめ、川の不滅の流れの中で実在を感じ、その流れには自分もまた含まれるという自覚に達する箇所の描写は美しい。

「存在するものの最も小さなものから最も大きなものにいたるまで、同じ生命の川が流れ、彼にも流れている。」

この存在のすべてに共通する生命力の遍在を認めることは、しかし、個体的自我において生存の意義を発見するクリストフの個人主義と一見矛盾するように思われる。しかし、「生の哲学」の視野からみると、これはけっして矛盾とはいいがたいのである。生の力は、一方ではクリストフの個体の活力（クラフト）であり、他方ではクリストフの個体を運び去る流れなのである。クリストフは、確かに一方では日常生活から超越し、個々の束縛を打ち破って前進する主観である。そして、この主観を外界から超越した普遍的主観たらしめようということがクリストフの理想であった。けれども、この普遍的主観は、「絶対主観」ではない。この主観も、より大きな生の前では、流れに浮かぶ個物なのであり、この大いなる生は流砂のように個体を動かし、大河のように運び去るのである。死の迫った老クリストフは、「漫々たる大河」を見るのである。「ほとんど不動なほどおもむろに、おごそかに流れる……」クリストフはたずねる。「あれが彼ですか。」愛する人々の声が答える。「あれが彼です。」そして大河の響きと海の轟《とどろ》きとは彼といっしょに歌うのである。「汝《なんじ》は甦《よみがえ》るであろう。休息するがよい。すべてはもはや唯一の心にすぎない。」と。この「唯一の心」たる「生の大河」から出発し、個体に達し、個体が再び「生の大河」へと回帰し、やがては個体もいつか甦るという、「輪廻《りんね》」の形而上学がここにある。個体が生命の大河へと自己解消する行為を若きロラン（二二歳）は、「イロニー」として把握していたが、晩年のロランは、むしろ、同じ構造を宗教的に「神の運河」として把握するようになっていく。一九二八年、ロランは『ラーマクリシュナの生涯』の序文で次のように書いている。

「私は川の多い国の生まれである。私は川を生きたものと同様に好む。先祖の人々が川に葡萄酒《ぶどうしゅ》や乳を注いでやった意味が私にはわかる。ところで、すべての川の中で、最も神聖な川は、魂の奥から、玄武岩の岩間から、砂地から、氷河から湧《わ》き出る川は最も神聖な川である。そこにこそ、私が宗教的と呼ぶ始源的な力がある。それは芸術にも行動にも、科学にも宗教にも、はかり知れぬ千尋《せんじん》の闇《やみ》を黒々と湛《たた》えるところから、やむにやまれぬ傾斜に沿って、意識され、実現され、支配された『存在』の大洋に流れて行くこの河《かわ》に共通なものである。水が再び蒸気となって、海から立ち昇《のぼ》り、天上の雲にいたり、河川《かせん》の源を養うごとく、創造の輪廻は間断なくつながりつづくのである。源から海へ、海から源へ、すべては同じ力であり、存在である。初めもなく終わりもない。それを神と名づけるも、力と呼ぶも私は無関心である。たとえそれを『物質』と呼んだところで、ひとしく『精神』の力を表わすものではないか？　言葉、言葉！……『統一』の本質、抽象的なものではなく、生きたものである。意識するとしないとにかかわりなく、この本質を内心に有する偉大な信仰家と大きな無知者たちと同様に、私が尊敬してやまないのは、この本質である。」

このロランの「統一《ユニテ》の本質」への説明は、物質と意識の区別を解消して、生命の同一性へと導き入れる、生の哲学の「神話」創造の手口と同じである。唯物論と観念論との対立を解消して、第三の統一を「神話」的に合成しようとする時代思潮を十分にロランはわかちあっている。次に出てくることがらは、生→個体→生、という「輪廻」の説である。結局は、「統一《ユニテ》」という、生の神秘的一元論へと解消される。

ただし、ロランには、人間が「統一《ユニテ》」へ同化するのが目的であるとしても、それは「人生のコースにおいて自己の個性の完成という重荷をおろしたあと」でなければならない、という思想があるのである。

「宇宙の大きな台本には、人は自分が演ずべき役割がある。時が来ないうちに自分の灯《あか》りの一つを消して、『一者』のふところにもどるために、それらのことを放棄し、それを否定し、自己を滅ぼす権利はない。もし、『一者』が個人の放棄からなっていたなら、『一者』の調和の力を弱めることになってしまう。」

このロランの思想は、個体の完成を「ルネサンス的理想」と呼んだ若きロランの希願の延長である。クリストフの個体完成の個人主義もこの線上の花なのである。では、最終的に、この現世の個体と「統一《ユニテ》」との関連の哲学的構造はいかなるものなのだろう。若きロランは、二者の区別を認めたうえで、両者の相互解消を「イロニー」（無限者への個体の自己解消）とみていた。しかし、成人したロランは、むしろ、「イロニー」的な媒介より、もっと直接的な同化へと傾いていった。『ラーマクリシュナの生涯』の中の、東洋の読者への序文の中で、ロランは驚くべき発言を行なっている。「私は存在するいっさいのものの中に神を認める。」と

ベルグソン

いうスピノザ主義をくり返したのち、自我と塵芥《じんかい》との本質的差異はないという。つまり、人間的自我と自然物との間には本質的差異はない。花も植物も人間も同一である。この東洋的自然主義を肯定したのち、自我と野山の「露の滴《しずく》」との間の「唯一の相違は、意識の中、自我の中、あるいは原子核の中の集中度の強弱だけである。」と断じ、

「最も偉大な人間も、露の滴の一つ一つに戯れる日光のいっそう澄明な鏡にすぎぬ。」といいはなつのである。自我と自然物と同一、ただ「集中度の強弱」においてちがうだけ！　自然に対立するものとして自我を位置づけてきたヨーロッパ哲学の伝統では考えもつかぬことである！　神において、自然という延長も思惟的自然も同一というスピノザ主義が、東洋的自然主義の中で練り直され人間がむしろ自然へと没入し解消するという虚無主義へと近づくのである。このようにして、完成した個性としてのクリストフの「集中度の強い」自我も、もろもろの自然物といっしょに「統一《ユニテ》」へと合一されるのである。このようにして、ロランの思想には、クリストフ的自我主義の側面とは逆に、自然的人間主義を、虚

ショウペンハウエル

ニーチェ

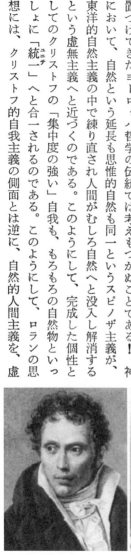

無的自然主義（ゴットフリート）へ、さらに、「無世界論」を経て、神の神秘へという信仰の途《みち》が反立しているのであり、クリストフも、その流れに運ばれていたのである。

クリストフはベートーヴェンのパロディー（作り変え）であると書いた。作り変えられたベートーヴェンは、それぞれの生きた時代の相違もさることながら、その性格自身、次の二点において原型と相違していた。

㈠ 個人的存在はより主観化され、対象のリアリティーを否定するイロニー的主体となる度合いが多くなった。

㈡ 実在観に生の哲学の影響を受け、情感主義の人間像に近づいた。その生の情感は神秘的形而上学の傾向を帯び、ショウペンハウエル・ニーチェ・ベルグソンなどで代表される思潮の影響を感じさせる（思想のスピノザ主義ではなく、感覚のスピノザ主義、これはきわめてワーグナーに近い。）

したがって、クリストフの存在は、彼の主観と神秘的な情感とが直結され、社会的現実は副次的な地位に遠ざけられるにいたっている。だから、社会的現実の必然性がもつ性格を通じて、人物の性格を描くというリアリズムの方法とは異なり、人物中心のドラマに終始してしまうきらいがあるのである。だから、人物中心の場面で構成された章、「アントワネット」「家の中」や「新しい日」は、比較的作品としてのリアリティーを感じさせるが、社会の進行の中で登場人物の動きを描かざるを得ない章、たとえば「広場の市」などは、主人公の単なる文明批評に終わってしまっている。ルカーチは、『コラ＝ブルニョン』を論じたなかで、歴史的現実全体の姿は、「中心人物よりもはるかに色褪《あ》せた、ぼんやりとした輪郭《りんかく》しか示さない」ものとなり、「世界像」を描くことにおいて弱く、単なる「肖像画」にすぎないものとなってしまったと指摘しているが、このことはそっくり『ジャン＝クリストフ』についてもいえることである。主人公がイロニー的主観性に傾き、その情感の内容を形而上学的な生命感において求めざるを得ない状況を、社会の進歩と反動の抗争が生んだ一定の社会的所産である次第を描くことにもっと成功していたなら、『ジャン＝クリストフ』も、その性格をずいぶんと異にしていたであろう。リアリズム芸術は、細部の真実を要求しない。『ジャン＝クリストフ』に使われている音楽家の史実（ベートーヴェンにしろ、フーゴ＝ヴォルフにしろ）の適用は、けっしてそれ自身で作品をリアリズム芸術たらしめえない。主人公の英雄的幻想の挫折《ざせつ》を描くそのリアリティーにおいて、『ジャン＝クリストフ』は、スタンダールの『赤と黒』に遠く及ばない。

小説でない小説

では、小説として『ジャン＝クリストフ』は、いったいどんな地位を占めるべきものなのだろう。ロランは、『回想』の中で次のようにいっている。

『音楽小説』の新しい形態の考えが私のうちに芽ばえていた。……一つの感情を表わすいくつかの調子の上に築かれた一つのシンフォニー風に、一般的な力強いテーマからこの作品の各部分は派生するのである。その感情はあらゆる方向に発達し、成長し、勝利を獲得し、あるいは倒れる、その作品の道中で。シンフォニーというものは大河でなくてなんだろう！」

この「音楽小説」とロランが名づけるものは、いったい何なのか、音楽なのか、文学なのか。ロランは、

「この作品は小説ではないので、小説として批評すべきではない。」といっている。さらに、「私の『ジャン＝クリストフ』はフランス文学者のためにも、その他の国の文学者のためにも書かれたものではない。文学のそとに生きている、孤独な魂たち、真摯《しんし》な心へまっすぐ行くべきです。」とのべている。

では、『ジャン＝クリストフ』は音楽なのだろうか。しかし、ロランは、音楽の内容を言葉を使って説明しうると主張する一方、けっして、音楽の内容を文学に代置しうるとは考えていなかった。ロランは、ソフィーアにあてた書簡の中で「残念なことに、音楽からくみとりうる力に匹敵するものは文学には何もありません。」とのべている。ロランは、自らの、文学ならざる、小説ならざる文学、『ジャン＝クリストフ』だけは例外であるというのだろうか。『ジャン＝クリストフ』は、確かに音楽的である。しかし、とうてい、音楽のもつ直接的力（感覚、感情の直接的感動）をともにしうるものではない。したがって、『ジャン＝クリストフ』は、文学でなく音楽でもない「音楽小説」なのである！　では、『ジャン＝クリストフ』は、文学以下のもの、さらに音楽以下のものなのだろうか。ある意味ではそのとおりである。文学のもつリアリティーに欠け、音楽のもつ直接的情動に欠けているから。

だが反面、『ジャン＝クリストフ』は文学以上のもの、音楽以上のものであるという性格ももっていなかっただろうか。ロランは、ベートーヴェンの「ゲレルトの宗教歌曲」、「遙《はる》かなる恋人によす」などを批評して、「それは音楽ではありません。それは純粋な魂です。」といっている。また、『復活の歌』で、これらの歌曲をめぐって、音楽が詩にまさる可能性のありうることを論じたあとで、その作品が、さらに音楽以上のものに達しうる可能性のあること、いな、ある作品は芸術以上のものとなりうる可能性のあることを論ずるのである。「夕べの歌」などは、「歌手がよいときは、芸術以上のものになり、悪いときはそれ以下のものになってしまう。」と指摘する。「芸術以上のもの」、という規定は、文学よりも音楽よりもまさる領域の存在することを暗示している。『ジャン＝クリストフ』は、文学に劣り、音楽に劣ると同時に、文学にまさり、音楽にもまさるものなのである。では、その実質は何か。ロランは、自ら、『ジャン＝クリストフ』を小説ではないが、「一つの詩、近代の魂の一種の知的精神的叙事詩」であるといっている。『ジャン＝クリストフ』は、小説としてのリアリティーに特色を求めず、もっと抽象的な理念に特色を求める「知的精神詩」であり、音楽のもつ感覚的直接性を欠くが、反面、情念のもっと普遍的な感動と情念の「高邁《こうまい》」さを内容とする「情念詩」なのである。音楽家の中に、感覚のセンスと情動的刺激にはみちているが、ロランのいう「純粋な魂」を「理解しない音楽家がいる。」むしろ、音楽家でありながら、音楽の魂を知らぬ音楽家のほうがずっと多いとさえいえる。その点、作品『ジャン＝クリストフ』は、まったく逆にそれ自身は音楽ではないが、音楽の魂において音楽以上ですらあるのである！

もちろん、この場合、一つの限定を加えねばならない。「音楽的な魂」というものを、普遍へ向かう情念の状態と規定することに賛成する限りにおいてのみ成り立つことである。普遍へ向かう情念、これは特にベートーヴェンの音楽について最もよくあてはまる言葉である。しかし反面、音楽的情念を、まったく逆に、最も個別的な情動の多様なきらめきに求めることさえも可能である。ロランは、個別性をそれ自身で完結したものとみなさず、常に普遍に重点をおく美学観に傾いていた。ロランは個別を普遍の窓としてみるという芸術象徴の立場に立っていたといえよう。このロランの普遍主義・象徴主義は、理念のほうを個々の事象より優先させるという傾向をよびよせやすい。この点に、作品『ジャン＝クリストフ』が、理念の輝きを描くことにおいて雄弁である反面、個々具体的な人物の行動や事件を描くことにおいてリアリティーを欠く結果を招いた理由があるのである。だから、われわれは、作品がもつ「純粋な魂」に共鳴しつつも、これの欠点についても公平でなければならない。また、クリストフが、いまだ理念にすぎない（十分な定在をもっていない）点に、クリストフの不完全と不安定を認めると同時に、その著作全体に青春を認めることができるのである。なぜなら、だれでもその青春において、クリストフだったし、彼と同じく不完全であり、理念にすぎず（単なる主観的理想にすぎず）、それゆえに純粋であったのだから！　だから、作品『ジャン＝クリストフ』は、むしろ、作品として不完全なものというべきであると思う。理念と定在に一致を欠く象徴主義は、不完全さを特色としている。したがって、この作品を、リアリズムの破綻《はたん》と断ずることも、純粋な魂の詩として賛美することも、いずれも正しくはなく、むしろ、両者にまたがけながら、不完全のままに終わった、その必然性を評価すべきであると思う。われわれのなすべきことは、人生における避けがたい不完全さへのリアルで正確な位置決定の仕事である。

ロマン＝ロランと革命

『戦いを超えて』

第一次世界大戦が始まった。ロランが『ジャン＝クリストフ』の第一〇巻で、このことを予測し、警告を発していた。これがついに事実となって現われたのだ。ロランが、『戦いを超えて』と題する反戦論文を発表したのは、一九一四年九月であった。ゴーリキーはいっている。

「ロマン＝ロランはヨーロッパの文学者のうち、第一番に戦争反対の声をあげた人である。このために彼は多くの人々に憎まれた。真実を守る人間を、いったいだれが愛せるか、というわけである。」と。多くの人間が、祖国の名において抗戦を唱えているとき、これらの「万人に抗して、ただ一人」平和を叫ぶ道はどれほどつらいきびしいものであっただろう。

この反戦の態度を内容としてロランは、小説『クレランボー』を発表する。私は小説として、『クレランボー』は、あまりすぐれたものであるとは思わない。また、音楽学の発展につれて、ベートーヴェン研究に関しても、ロランの業績をのりこえていくことはわれわれに可能であると思う。しかし、第一次世界大戦に際してとったロランの反戦行動は、容易にのりこえることのできない歴史的行為であったと思う。ロランの道徳的勇気と真実のために万人に抗する決断に私は深く敬服する。

ロランは『戦いを超えて』の中で、「今回の伝染病的な戦争によって、最も弱点を示した二つの精神力は、キリスト教と社会主義である。」と激しく論断する。当時、ヨーロッパの社会民主党(レーニンの党は除く)は、こぞって帝国主義戦争への賛成へ票を投じてしまったのである。ロランの「万人に抗する一人」の立場は、神すらもが真理を裏切ったときに、真理を守る最後の一人となろうとする立場なのである。ロランは、戦時中の「日記」の中で次のようにのべている。

> 戦争という形で存在する「いっさいの悪」は、「神的なものの否定」であり「神の無能の告白」にほかならない。神すらも悪に荷担したのである。「もし、善が私の中に存在していて、神の中に存在しないならば、それは神そのものに優《まさ》る神的なものが私の中にあるからである。私はそれを信ずる。宇宙において何も宿命的でなく、私たちの自由意志は未来の本質的要素だからである。」

このロランの立場、「神そのものに優る、私の中にあるもの」、この徹底した主観性、これは反面、恐るべき傲慢《ごうまん》である。なんという主観的確信、なんという傲慢だろう！　万人に抗する一人、この一人の絶対的確信。ゴーリキーは、ロランに「生粋《きっすい》のフランス人としての自由さと、あくまでも頑強で勇敢」な性質を発見していた。このロランの主観主義、神に優る私のうちなる善を信ずるロラン。私は、神に酔うロランより、個人の確信を優先するこのロランのほうがずっと好きである。その主観主義がもつ虚偽と傲慢さにかかわりなく。

このロランの立場、『戦いを超えて』は、ジャン＝クリストフ以来貫いてきた英雄的主観主義の集約であり、その山頂をなすものである。ここに頂の思想が実った。ここにロランの一つの絶頂がある。ただし、当時のロランにとって、戦争反対の理念も、社会科学的立場からの組織活動と結びついたものではなく、主観的理想、つまり道徳的理想に限られたものにすぎなかった。「万人に抗する一人」の立場、これは、万人が虚偽を信じたときでも、一人のみが真理を見定めることがありうることを主張してあまりある。これはやむにやまれぬ一人の立場である。しかし、だからといって、個人の確信が（いかにそれが崇高《すうこう》なものであろうと）世界の代わりとなりうる実在であると考えてしまうならば、その主観的確信は、そっくりそのまま虚偽、偽善、傲慢となる（ヘーゲルは、完成した主観、美しき魂が、世界に代わりうると考えるならば傲慢、虚偽であるといっている）。だが何よりも、一人の声は（それが道徳的理想にすぎなければいっそう。なぜなら、史的唯物論によるなら、歴史の進行は物質的諸関係によるものであって、道徳的エネルギーが歴史の発展の原動力ではありえないから）戦争反対の運動としては、あまりにも無力であった。ロランは、やがて自分の行為の抽象性と無力を知り、自ら反省して次のようにいっている。

一九一四年の戦争に対して「まず起こした抵抗の衝動は、脅《おび》やかされた精神の都を守り、『戦いを超えて』、それを再建することに向けられた。ブルジョア革命から免許状を受けた抽象的な自由、同じく精神の自由もまた実際には存在しないということを、自ら犠牲をはらったあげく学んだのである。精神の抽象的自由が実質を得るためには、理念の草が根をおろす土地を、まずこの幻のために征服し耕作しなければ

『リリュリ』のさし絵
（作　フラン＝マズレール）

ならないことに気づかなかった。理念を守ろうと執心するあまり、胸に抱きしめているものが、理念どころではなく、言葉にすぎないことに気づかなかったのである。」

『リリュリ』

ロランは第一次世界大戦の間じゅう、ジュネーブで書きつづけていた風刺的劇詩『リリュリ』を一九一九年に発表した。リリュリとは「幻影」を人物化したものであり、愛国心とか祖国防衛戦争という幻想にかりたてられて戦争に協力する人物群を嘲笑したものである。ここには、現実の愚劣さを嘲笑し、現実に存在する不幸をその愚劣さのゆえに笑いとばして無視してしまおうとする絶対主観の超越がある。この絶対主観とは、『ジャン＝クリストフ』の普遍的主観の形成期を通り、『戦いを超えて』の頂をよぎって来たもののみが達しえたものなのである。しかも、この絶対主観の力も、『戦いを超えて』の経験を通じて、現実的政治力としては、きわめて無力であることをロランは知っていた。しかし、自分が現実では無力であるがゆえに、かてって半ば自虐的、半ば絶望的に現実に反逆しようという努力が生まれる。主観は戦争という現実に対して無力であっても、まだこれを嘲笑することはできる。この嘲笑の主体を現実から遊離させ、現実から逃避した地点に立って鋭いイロニーの矢を射るのである。一時の優越、一時の絶対超越ではあるが、その一瞬の間、主体は現実を虚無にかえし、その虚無をけちらす絶対主体となることができるのである！　ここには「浪漫的イロニー」の夢がある。ロランはベートーヴェンが最後のカルテットにおいて「無関心とイロニーの状態」へとのがれ、「世界と戯《たわむ》れ」ようとし、「悲劇的な感動から遠ざかろう」とした次第について説明している。ロランは、ベートーヴェンと同じように悲劇的な大戦の最中において、この現実を仮象と化す大いなる幻想に酔うのである。愚劣な戦争熱という幻想を笑う偉大なる主観性、この主観の絶対性の仮象に酔うイロニー自身も、結局は一瞬の幻想なのである！　ロランはのちほどこの自分の経験を反省して次のようにいっている。

「イロニーは選良《エリート》の遊戯《ゆうぎ》である。戦闘においてはイロニーほど軽妙でない武器が必要である。われわれには重砲が欠けていた。そして私はわれわれの陣地防衛が非常につたなかったことを認める。」と。

われわれは、このロランの作品『リリュリ』を通じて、ロランがもつ、一つの人生対処の重要な姿勢の原型をさぐることができるのである。つまり、絶対主観の超越による現実逃避の姿勢である。ここには一方では、超越してきた現実への「無関心」と「皮肉」、他方では、超越した当の主体が自らにかけた「夢」がある。「わが王国は天空にあり……。」

ロランの現実逃避には、スピノザ的客観への逃避と、主観の絶対性へ寄せる傲慢《ごうまん》な夢との二種類がある。『リリュリ』は、主観的解脱《げだつ》の典型である。ここには「奇妙な解脱状態」がある。

『戦いを超えて』の立場は、一つの絶頂であったと同時に、大きな挫折と新しい探求のための分水点であった。ロランがプロレタリア革命の道に達するための『格闘の一五年』がはじまった。その主題となるべきものは、革命が貫くべき社会必然的法則と革命の中での道徳性との間の調整、集団の真理と個人の自由な権利(ある時は、個人が万人に逆らって真理を所持しうることもある)との間の調整、暴力と非暴力との間の調整の三点に要約しうる。一九三五年、ロランは『格闘の十五年』と題する政治論文集を発刊したが、一九一九年から一九三四年までのロランの政治思想の変貌をパノラマ風に物語ったものである。この一五年の特色は、ファシズムの擡頭と第二次世界大戦の脅威《きょうい》が迫ったこと、ソ同盟の指導がレーニン(一九二四年一月二一日、午後六時五〇分に死亡)の手からスターリンの手へと移り、いわゆる「スターリン主義」が国際共産主義を指導する時期にはいったことに求めることができる。ロランのマルクス主義への接近と反発・批判も、これら二つの条件を無視して考えることはできない。一方では、ファシズムの脅威に対して、革新陣営内部の多少の欠点があろうとも大同団結する必要があった。反面、ロランが革新陣営の内部に発見した狭隘《きょうあい》さ、不寛容、個人の道徳心・独立心の軽視などに対して行なった批判も、後日指摘されたスターリンの民主主義的ルールの逸脱という史実とつき合わせて考えるとき、実に恐れを知らぬ不敵な勇気と真理愛にささえられたものであったことがわかるのである。

ロマン＝ロランの革命思想を知るうえで、見のがすことのできぬものとして、アンリ＝バルビュスとの間でかわされた論争がある。まず、革命時における「精神的価値」、「闘争の中での道徳」の必要性をめぐるロランの主張からみてみよう。

ロランは、「革命に際しては、平時より以上にさまざまの精神的価値を擁護《ようご》することが肝要である。なぜなら、革命は脱皮の時期であり、この時期には諸国民衆の精神は変わりやすくなるからです。」「精神的価値を常に保全しなければなりません。人類のために、また革命そのもののために。なぜならば、そのような価値をなおざりにする革命はおそかれ早かれ物質的な敗北以上のもの、すなわち精神的な崩壊に必ず導かれるからです。『どんな代償を支払っても勝つ』というのは、革命にとって不祥な政策です。」と主張している。

また、「目的が手段を正当化するということは真実ではない。手段は真実の進歩にとって目的よりさらに重要である。」と主張するのである。ロランが、ここで、「精神的価値」と呼ぶものは、革命が社会制度の変革とともに、人間性の向上変革をともなうべきものであることを主張しているのである。また、「闘争の中の道徳」（ゴーリキー）という事がらは、熱心に行動する人間の誠意のことをさすのではなく、ここでは、たとえ闘争のためという名目のためであれ、人間を手段として扱うようなことがあってはいけない、ということをさしているのである。

もちろん、ロランは精神には独自の法則があると説くわけであるが、この精神が、外界から独立していると説くにいたるとき、人間の精神を含めたうえで社会を貫く物質的必然性を認める史的唯物論の立場とはかなり相違してくるのである。哲学的にはもっと厳密に整理せねばならぬところがないわけではないとしても、ロランが革命によせた期待と、期待するがゆえに要求したいくつかの要件については学ぶべきところが多い。このロランの立場に対して、大局的な見地から賛成の手を差し伸べたのが、ほかならぬゴーリキーであった。ゴーリキーは手紙をロランに送り、「バルビュスへのあなたの手紙はりっぱです。私はあなたと精神をともにしていることを知って、限りなく喜んでいます。私が愛し、私にはたいせつなあなたの思想は、最近数年間、私の国で絶えずくり返していたものであります。」といった。「バルビュスへのあなたの手紙の中でかんじんな点は、目的は手段を正当化するといういかがわしい原則に対してあなたが下している評価です。闘争の中での道徳の必要を、ロシアにおけるわれわれの革命の当初から、私は説いてきました。」とゴーリキーはつづけ、「手段が目的とは正反対のほうへ導いていく」ような状態にならぬようと願う心において、ロランとの共感をつげるのである。

ロランは『格闘の十五年』の中でも、バルビュスに対してのべた自分の論点をくり返し引用している。

「人間性、自由そしてわれわれにとって何よりも貴重なもの、すなわち真理など、最高の精神的価値は、あまりしばしば国是《こくぜ》や勝利の犠牲に供せられます。これらの精神的価値は絶えず保全されることがあくまで必要であります。人間性のために。革命そのもののために。そしてそれらを守ることがわれわれ自由な知識人の役目である。たとえ革命に逆らってでも。なぜならそれが革命のためになるからである。『万人に抗する一人』とは『万人のための一人』なのである。」

「プロレタリアの進歩の軍隊に属しているからこそ、口を閉じ目をふさいだままで、それに所属していないように心がける。私はこの軍隊の誤謬《ごびゅう》を摘発し、その暴力行為を糾弾《きゅうだん》する自分の権利を保持する。」

また、「暴力の介入は些事《さじ》にすぎない」といったバルビュスに対して、「暴力は、歴史のある時期のいたましい必要事」であるとロランは答えた。それが、歴史の必然的発展の必要事であるとしても、「心の中で嘆きながらも、切先《きっさき》を返さざるを得ない」必要事なのだ。

ロランは一貫して、トルストイの説く「無抵抗主義」には反対であった。また、ガンジーの「不服従」の立場を、「無抵抗を意味したものではない」といい、その中に非暴力による対抗の姿勢を読みとっていた。ロランは、変革の対象の性格に応じて暴力の介入の必要を認めながら、同時に非暴力的抵抗の力をも軽視すべきではない、二つの力の統一行動こそが必要であると力説した。

「私はソ同盟の戦闘的共産主義とガンジーの不服従運動の中に、革命の二つの大きな翼を見たいと思った。私は二つの翼があい携えておのおののリズムを調節し規制してほしいと念願していた。」とロランはのべている。

これらのロランの主張も、その中に真実の内容が含まれている反面、いくつかの理論的弱点をもたないわけではなかった。ロラン自身、運動の中での個人の役割の必要以上の過大視に対して「『自由精神』や『個人主義者たち』を過大評価したことは、この数年における私の最も大きな誤謬であり、最も苦々しい失望であった。」とのべて、痛烈に反省している。革命の中での道徳の必要を説くことは正しい、また、集団の中での個人の権利は守らねばならない。しかし、革命や集団から独立したものとしてこれを守ることは正しいだろうか。ベルティエ（『敗れし人々』）も、プロレタリアートの党派性に驚き傷ついて運動から遠のいた。しかし、プロレタリア革命は「一階級のために働くのではなく、すべての人のために働くのであり、この革命に課せられる階級闘争という現在的性格の目標とするものは階級の廃止なのである。」「プロレタリア独裁は、宿命的できびしい段階であるにすぎず、目標ではない。」プロレタリアの党派は、全人類の解放という普遍性を内に秘めた党派であることを忘れて、これから遠ざかるものは、革命の本質を見落としてしまうだろう。しかも、この人類の解放を実現するためには、「革命は勝利をおさめねばならず、闘争において革命は勝たねばならない。」「革命は厳格な規律に従ってのみ勝つことができる。兵士たちがみな狙撃兵《そげきへい》になりたがるような軍隊を想像できようか。」このようにして、ロランは、プロレタリアの党派性と革命の規律についての理解を深め、個人主義から徐々に脱却し、歴史の必然性に従って人間を解放するという唯物論の見解に近づいて行くのである。

ロランは迫りくる帝国主義戦争を前にして、ソ同盟の擁護を訴えつづけた。一九二七年に次のように書いている。「ソビエトの為政者に対する苦情がどういうものであろうと、私はヨーロッパのすべての自由人に向かってロシアは危険にひんしていること、そして万一ロシアが粉砕されるならば、世界のプロレタリアだけでなく、あらゆる社会的・個人的自由も隷属《れいぞく》させられるであろうということを思い起こさせた。世界は数段階うしろに引きもどされるであろう。ロシア革命は、近代ヨーロッパの最も偉大で、最も強力で、最も豊穣《ほうじょう》な力を表わしている。ロシア革命を救援しよう！」

ロランはプロレタリア革命の成功と社会主義社会の成長に人類の未来をゆだねていた。「人間の結合の偉大さ、雄々しい友愛の感覚」を、ベートーヴェンの第九交響楽におけるシラーの「歓喜の歌」に認めていたロランは、その友愛の生きた実現を共産主義社会に求めたのであった。マルクスは、共産主義社会においては、「各人の自由な発展が、万人の自由な発展の条件である。」といった。ここでは、個人と集団との間の敵対関係は消滅し、「個体と類との闘争の真の解決」（マルクス）が可能となる。各人の自由が共同体を豊かに発展させる原動力となり、共同体の発展はその豊かさを各人に分有させ、各人の自由を発展させる土壌《どじょう》となり条件となる。ロランは「真の社会主義社会は、個人の自由な力の協同と調和のうえにたてられた秩序にほかならない。」とのべて、この社会の成長を展望している。社会主義社会は、独自の共同体を形成すると同時に、独自な社会主義的個人像をも創造した。ロランは、「集団と融合し、集団によって自己を富まし、また集団をも富ます、広く莫大《ばくだい》で、もっとも有効な一つの個人主義がソ同盟にうちたてられている。」と説明している。ロランがここで提起している個人像、最後まで集団に属しながら、集団を豊かにし、また集団によって豊かにされる個人性、この契機は、現今、社会主義社会における民主主義のいっそうの成長、社会主義社会における基本的人権の尊重などが時代的要請となりつつある事情とかみ合わせて

ガンジーと語りあうロマン＝ロラン
（ロランの書斎で）

考えるとき、きわめて意義深いものをおぼえるのである。ロランは、社会主義社会が、その闘争と勝利への力学を重んずるあまり、その社会本来の民主主義的本性をゆがめ、個人の全面的開花と共同体の成長との調和を理念とする社会主義社会が、自らのヒューマニズムの根を自らの手で枯らすことのないよう警告を発しつづけた。もし、ロランが最近のチェコ事件を目にしたなら、必ず、われわれは再び『クレランボー』の声を耳にすることができたであろう。と同時に、ロランは最後までソ同盟の守り手であった。この辺の事情をロランは次のようにいっている。

「ソビエト革命の中にあって、しばしば私を反発させた『理論的狭隘《きょうあい》さと独裁的精神』に対する若干の批判を私は断念せず、それをくり返した。しかし、私はまた、この革命の『歴史的必然性』に対する私の信念と、それが人類社会の強力な前衛であるという私の信条とをくり返した。」

革命によって平和を！

一貫して平和主義者であったロラン、第一次世界大戦に際して、あらゆる党派を「超《こ》え」て和解を訴えたロランも、社会のしくみを学び階級闘争の現実を認識するにつれて徐々に変貌していった。いまや無党派の平和主義などは成立しない。もはや、中立の立場から平和を説くなどということはありえない。ロランは一九三三年、平和闘士国際連盟の会議で次のような挨拶《あいさつ》を行なっている。

「平和主義は『すべてのものを超《こ》え』ることはできません。平和主義は今にも中立の立場をとれなくなります。圧制に対しては中立者はありえないのです。圧制に反対するか、味方するかして、その圧制に関与するのです。そのどちらかの立場を選ばねばならないのです。『あらゆる戦争に反対する』と宣言するだけのことならだれにでもできます。けれどもあなたがたはそう宣言だけしていて、被圧制者と圧制者とを同じ一つの袋に入れていてはならないのです。

私は私の行動の方針を断言します。社会組織による被圧制者たちの擁護、および新しい社会を実現せんとするその被圧制者の努力を、私はすべてのものを超えて第一義のものとします。すなわち、被搾取《さくしゅ》民衆の社会革命の擁護です。そして私はその民衆を援助するために、組織的非暴力主義や良心的反対者や武装プロレタリアなどの同盟した軍勢を呼び寄せます。」

ロランは、このように、社会変革の立場に立ち、この立場からの戦争反対の行動に、思想的に同調し、これの積極的働き手となったのである。また、ロランは、熱心に反戦統一戦線の確立に努力した先駆者でもあった。ロランは、自らの政治思想を次のように表明している。「われわれは平和を望んでいる。平和は社会組織の変革なしには真実なものたりえず、また安定したものともなりえない。革命によって平和を得よう！」と。

『魅せられたる魂』

『ジャン＝クリストフ』との比較

ロマン＝ロランの第二の大作『魅せられたる魂』は、『ジャン＝クリストフ』と比較するとき、次のような点で相互に異なる性格をもつものであることがわかる。『ジャン＝クリストフ』は、主人公クリストフを中心とする「自己形成」の書物であったが、『魅せられたる魂』は、主人公アンネットを中心とする「自己変革」の書物である。つまり、クリストフにあっては、生を受けた一個の個体が、社会や「普遍的生」と接触しながら、ますます個体的自我としての自分を完成していく次第を、個性的自我の個人主義の立場から叙述したものなのである。しかし、アンネットでは、すでに成人した女性から出発して、この女性が自らの自我を包んでいる「幻影《イリュージョン》の衣を脱ぎ去る」過程を描いたものである。ロランは、自作『魅せられたる魂』について、自伝『周航』の中で次のようにのべている。

「この著作の謎《なぞ》みたいな題名についてはほとんどすべての読者が勘ちがいをしている。なぜなら、隠しておいた私の目的というのは、この人生の糸筋を繰り広げながら、人生についての数々のイリュージョン(幻影)をたまねぎの皮を一枚一枚剝《は》ぎ捨てるように人生から脱がすこと――人生から『魅惑の殼《から》を脱皮していく』ことであったのである。存在の悲劇的なマーヤ（イリュージョンのとばり）のまやかしから、少しずつ目ざめていく経過を私もたどっていた。幻覚《マーヤ》の世界での遍歴を私はまだ完了してはいなかった。その世界で私はさらに一つの見習いをしなければならなかった。」また、「序文」の中で「『魅せられたる魂』は、その生涯の進むにつれて、彼女の身を包むイリュージョン（幻影）の衣を脱ぎ去る。一重の衣が落ちるたびに、彼女は裸になったと思う。ところが、他の衣が前のに代わる。おのおのの巻が、大きなイリュージョンの仕切り部屋《べや》なのである。『魅せられたる魂』の真の意味は、すべての目隠しを次々にもぎ取ることにある。」とのべている。

このアンネットの生涯は、個人主義の立場から見るとき、不断にその個人性を否定し、社会性へ（ロランにあっては、常に同時に宇宙性へ）と「自己変革」していく過程なのである。ヘーゲルは「真理への道は絶望の道である」といったが、アンネットにあっても「裸の魂」へ達する道は、現在の自我、その幻影《イリュージョン》を否定する「絶望の道」であったのだ。この点で、『ジャン＝クリストフ』には、自我肯定の輝きがみちていたが、『魅せられたる魂』では、個人にとっては、むしろ苦渋《くじゅう》にみちた生涯があるといえる。『魅せられたる魂』の積極性は、その個人的個性の完成という点にはなく、「ヴェールを取り去り、魅せられたる状態から脱し、『裸の魂』となって神の実体をまざまざと見る。」という点にある（この「神の実体」がいかなるものか、社会主義との関係はいかなるものか、この点はのちほどみる）。とにかくクリストフは、実在の海から生まれいで、個体としての主観性をその絶頂にまで導いていったのに反し、アンネットは、この主観性から出発し、この主観の虚偽を自己否定的に変革して、徐々に実在と合一し、これと回帰する、帰り道の道程を明らかにしたものであったといいえよう。

思想的スケッチ

まずアンネットの出発は、恋人で婚約者のロジェに対するアンネットの自我の擁護《ようご》からはじまる。彼女はたとえ結婚しても「いちばん真実な、いちばん深い私」である自我はゆずり渡すことはできないと主張する。この場合のアンネットの立脚点は、完全な近代的個人主義の立場である。当時のアンネットを取り囲む、やや上層のフランス中流階級は、女性にはけっして自由な自我を認めていなかった。アンネットの理想は、ロジェばかりか、同じ階層の人のだれにも受け入れられがたいものであった。アンネットは、愛して、体《からだ》までまかせたロジェとの婚約を解消し、父なし子マルクの母として闘いの第一歩を歩みはじめる。これはアンネットを取り囲む対象的世界に対する主観的自我の絶対の挑戦であり、別な意味で「万人に抗する一人」の迫力をもっている。

しかし、対象的世界はアンネットのこの絶対的な主観を裁《さば》かずにはいなかった。第一にマルクという新しい個人の誕生がそれであり、第二に破産という形でアンネットに襲いかかった彼女の生活苦がそれである。反面、『魅せられたる魂』は、『ジャン＝クリストフ』と比べるとき、対象的世界と交渉する姿勢において正反対の変化をみせているのである。クリストフは対象的世界への責任をもとうとはせず、常にそれから「脱出」した。しかし、アンネットには、のがれることも忘れ去ることもできぬ対象物、マルクの生命があった。父なし子マルク、この運命の贈り物をになうことからアンネットの新しい人生ははじまった。やがて成長したマルクは、アンネットの予想もしなかった社会的事件へと巻きこむ。社会主義と革命。アンネットは、一個の生命マルクをになうことからはじまり、ついには、マルクの属する社会、マルクの属した歴史の全体をになうようになる。アンネットは、運命愛を母性愛に変え、対象界全体に自我を広げていく。このようにして、アンネットの特徴は、クリストフのように、主観的普遍性を実現することによって普遍性に達するのではなく、対象的世界に密着し、これをにない、これの変化発展に導かれて、個人から社会へ、個から普遍へと変展していったのである。たくさんの人と交渉し、たくさんの事件に出会うアンネットは、一歩一歩事件の本質へと分け入っていった。アンネットが対象の本質へ一歩深くはいることによって、アンネットの古き虚偽の自我の衣が一枚脱ぎ捨てられていった。

要するにアンネットの主観的自我が、しだいに迷いから目ざめてより普遍的方向へと脱却していくというのがこの物語の筋書きである。この普遍的方向への脱却《だっきゃく》には、二つの方向がある。一つは、マルクによって代表されるレーニンへの道であり、二つにはロランが世界の本質であると規定している根源的生への回帰である。第一の面は、ロランがゲーテやレーニンから学んだ面、つまり自然の法則に立脚した客観主義の発展である。アンネットは自分が投げ入れられた最下層の生活苦の闘いの過程でしだいに社会のからくりを自覚していく。さらにマルクがアンネットを導いた。個人主義者マルクから、社会主義者マルクへと自己変革していくその苦悩を通じて、ロラン自身が史的唯物論を認めるまでの『格闘の十五年』に示される苦悩がそっくり語られている。したがってこのようなマルクおよびアンネットは社会主義者ロランの分身なのである。

次に第二の世界の根源的生へ回帰する方向は、アンネットによって代表される。そこにアンネットが女性であることの重要な意味がある。アンネットは、個人の母から世界の母、または普遍的な母へと転身するのである。ロランによるとアンネットの内側には、外界の生活と並行して常に「永遠の『魅惑』が流れつづけていた。」これはすなわち生命の川のことをさす。ここには神秘家ロランの面目が名文の中に躍如《やくじょ》として表われている。「広漠《こうばく》たる水の平原、大洪水《こうずい》の谷が岸もひたひたに流れ、火と水と雲との、岸もない川である。そこにはまだあらゆる要素が入り混《まじ》り、無数の流れが髪のように入り乱れている。しかしただ一つの力が、微光の金箔《きんぱく》を散らしたその暗い長い湾曲を渦《うず》巻かせつつ押し流して行く。それはもろもろの世界の王たる『欲望』という無言の牧人が『希望』の暗い牧場に追うて行く数限りのない『精神』とその夢の群れとである。その否応《いやおう》を許さぬ引力は、彼らを吸い寄せる、あるいは楽なようで油断のならぬ、あるいはけわしい坂路《さかみち》に彼らを押しやるのである。アンネットは魅せられた川が流れて行くのを感ずる。」ロランの生の哲学の実体は「川」であることが特徴である。さらに、この実体は「愛」でもある。アンネットは、この川の流れに最も豊富に恵まれた女性であった。リヴィエールという彼女の姓は「川」という意味であった。現存する個々の人間は、生命の川の現われであり、生命の川から「愛」を分有している。アンネットは、生命の川を豊かに分有しているがゆえに、他人により多く愛され、また自分もより多く他人に魅せられる女性であった。同時に「生の川」の暗い欲望に打ちのめされた。しかし、打ちのめされて堕落する寸前、欲望を使い切ったときに、彼女は、生の不思議な力によって回生するのである。このようにして彼女は新たな生の力にみちあふれ、さらに別のものに魅せられていく。彼女の愛は、しだいに存在するすべてのものに押し広げられ、「世界の母」たることを宣言するのである。そして、その愛によって万人が和解し、調和することを願う。アンネットは、「統一《ユニテ》」の化身と化してしまう。したがって、アンネットは生の哲学者ロランの分身である。

脱皮の筋書き

婚約の破棄＝脱皮の出発点。この部分は、この小説の中で最も迫力をもち、魅力ある部分となっている。この小説が、特に女性の読者に根強い支持を得ているのも、この部分に起因している。しかもこの部分は、他の部分に比して大きなリアリズムをもって描かれているのも特徴的である。この部分の主題は近代的自我であるが、ブルジョア革命は、この近代的自我＝個人主義と社会との調和をついに打ち立てることができなかった。この個人と社会との不調和は、特に女性においていちじるしく集中的に現われる。この小説で主人公が女性であることは、この部分では後の部分とは反対にリアリズムにプラスの作用を及ぼしている。アンネットは、ロジェとの結婚に際して、二人の魂が完全に自由なままで、生涯の伴侶《はんりょ》として結びつくことを願っていた。が、エンゲルスもいうとおり、両性が互いに自由であるような契約は、両性の完全な現実的自由、平等の地点でのみ成立するものである。ブルジョア革命は、なるほど両性の身分上の不平等を一掃したが、実際上の不平等はむしろ見えない形で依然として存している。アンネットの属した中産階級においては特にカトリック的モラルがしみこんでおり、倫理的にも女性は男性と平等ではなかった。さらにエンゲルスは、階級社会における結婚には、常に双方の愛情よりも、財産と経済的利害が決定的な発言権をもつものであることを指摘しているが、アンネットとロジェの婚約が成立したのは、アンネットの財産と大いに関係があった。特に上層階級にあっては財産の比重が大きく、女性は財産の付属物たる性格をもっていた。「いちばん深い私」は差しあげられないというアンネットの言葉は、ロジェにとって非常に意外な言葉であった。ロジェは「それでは、あなたは愛していないのです。」という。さらにアンネットが、自分をけずって、ロジェの世界に併合されるのは嫌《いや》であるから、「わたしの全体」を受け容《い》れてくれることを願うと、ロジェは「たった今、僕にすべてをくれるわけにはいかないといったのはあなたですよ。」とくいちがってしまう。

アンネットはいった。「あなたはわたしをおわかりにならないのですわ。わたしは、『わたしを自由なものとして受け容れて下さいますか？　わたしのすべてを受け容れて下さいますか？』といったのです。」

「自由だって？」とロジェは用心深く答えた。「すべての人は自由です、フランスでは八九年以来……」

「――……それはとにかく、互いによく理解しなければならないんです。結婚する以上、あなたは全然自由でないのは明らかですね。その行為によって、あなたは義務を負うのです。」

アンネットはロジェの妻に対する意識を読みとってしまった。

「自分の妻……『この犬は自分のものだ……。』

ロランは当時の状況について、男性は保守的なカトリック信者が増加し、反面女性はますます自由な思想――女権主義――へ惹《ひ》かれていく点を指摘している。したがって、アンネットは、当時の女性の代弁者たる資格を有しており、その問題提起もきわめて鋭いものだといわざるをえない。因襲と経済的利害にがんじがらめにされているブルジョア的結婚制度が、いかに両性の自由な結合を阻害しているかについては、フランスの状況は今日でもあまり変わらないものに思われる。結婚を自由への束縛と解し、抵抗しているサルトルとボーヴォワールの存在は、アンネット的自由の生きた実践者として非常に興味深いものであり、現実のきびしさをも実感させてくれる。また、ロラン自身も、自分の精神の自由、創造の自由を結婚と両立させえず、愛しているクロチルドと離婚しているのであるから、この傷は、実に深いといわねばならない。

サルトルとボーヴォワール
(ローマの街角にて)

以上が脱皮の出発点であるが、以下すべての巻は、アンネットが身をもって守った個人主義の崩壊過程を描いたものである。『魅せられたる魂』が着手されたのは一九二一年、ロランが五五歳のときであり、完成されたのは一九三三年、ロランが六七歳のときである。アンネットの個人主義の崩壊は、同時に西ヨーロッパの個人主義、作者ロランの個人主義の崩壊でもあった。二つの大戦の間の暗黒のすさまじさがこの小説の背景をなしている。主人公の脱皮は、この舞台の中でも迷いにみちている。ファシズムの圧倒的な優勢の中での民主勢力の混迷は、ロランにとっても混迷であった。ロランがマルクスの著作に接したのが一九一四年（四八歳）以降であることも頭に入れておかねばならない事実である。

アンネットの脱皮も先にのべた二つの方向にわけて考えることができるのである。

一、レーニンの道に沿っての脱皮

○ロジェとの婚約によって、中産階級の欺瞞《ぎまん》的モラルを拒否する。
○破産によって一文なしになり、生活苦と闘う。
○マルクという母にとって絶対的対象世界の誕生。婚約者や社交会や世俗道徳は拒否できても、子供の存在は拒否できない。むしろ積極的ににならう。
○チモンという新聞社社長の秘書となり、資本家の世界のからくりを知る。
○マルクとの思想的合流。親子は生活の闘いの中で別々に同じ世界観に達する。
○マルクの死。もし現象世界のいっさいが幻影であるとしたならば、「わたしのマルク」も幻影だったのか？　と煩悶《はんもん》するアンネットの姿は感動的である。彼女は、結局この現実世界を肯定し、マルクが犠牲をささげた世界を、マルクのかわりにになうことを決意する。彼女は、人民戦線の戦列に参加する。

一九三三年は、『魅せられたる魂』が完成された年であるが、この年はロランが最も熱烈に反ファシズム闘争を行なった年に一致している。六月に反ファシスト国際委員会が結成されているが、ロランはその名誉総裁に推されている。『魅せられたる魂』の中では、アンネットの昔の恋人で科学者のジュリアン＝ダヴィにロランと同じ地位があてがわれている。アンネットはその会合で熱心に発言するようになる。

「外見や官僚的形式主義に無関心な彼女は姉妹であり同時に敵同士である二つのインターナショナルの党員たちに、行動の分野で互いに頼《たよ》り合うことを強いた。原理の論争は後にしよう！　党派間の真の境界線は、行動を欲する者と欲しない者との間にある。行動しないがためのいっさいのイデオロギー的口実は仮面だ。彼女の手は政党政治家どもの刺激から、彼らを容赦なく引き離した。彼女は彼らの曖昧《あいまい》な細工の邪魔《じゃま》になった。ところが群集というものは女性的だ。彼らはそれを認めた。彼らにははっきりした立場が必要だ。アンネットは論争が雄弁的曖昧《あいまい》に終わらないようにと警戒した。彼女は、終わりに、それを明瞭《めいりょう》な、実際的な動議に集中することが巧みだった。――彼女は各種の救護団体や国際活動団体、赤色労働救護連盟、反帝国主義・反ファシズム・反植民圧迫連盟などに大いに尽力した。」

このアンネットの行動は、三六年の人民戦線を成功させるにいたったフランスの民主勢力のために、最も必要な行動であった。またロラン自身の行動でもあった。

二、根源的生への回帰

この小説のはじめはアンネットの夢想――「赤と金色の池」――、その中で裸身の彼女は沐浴《ゆあみ》をする――「べっとりとした蔓草《つるくさ》が彼女の脚《あし》に巻きつく」――ではじまる。べっとりとからみつく蔓草は、彼女にまとわりつく幻影の皮を暗示するものである。

アンネットは、血の濃いゴール女であり、活動においても、官能的欲望においても愛情の欲求においても貪欲《どんよく》な女である。そのアンネットが自由のため、個人主義のために「愛」を犠牲にしたわけであった。「愛」のほうは権利を奪われたままどうなるのであろうか。「愛」に捕われずにいられない彼女のことである。アンネットの婚約破棄は、自由と「愛」が分裂したままに終わっていることについて、一概に拍手を送るわけにはいかない。人間にとって、特に自由を求める人間にとって、「愛」は美学的に解決されることによってのみ、自由との分裂を解消しうるのである。が、アンネットの場合は傷口は口を開けたままであった。これからつづく物語はその「愛」の復讐の物語である。

㈠ ロジェとの愛の悲しみは、新しい子供の誕生の喜びと母性愛にすりかえられていく。みちたりた母性の幸福。

「愛よ、ほんとうにお前なのか？　愛よ、わたしがお前を捉《とら》えたと思ったときに、わたしから逃《のが》れ去ったお前が、わたしの中へ来たのか？　わたしはお前を捕える、お前を捕える、お前はわたしから逃げ去ることはできない、おお、わたしの小さい捕虜《とりこ》よ、わたしはお前をわたしの体のなかに捕えておく。復讐《ふくしゅう》するがいい！　わたしを食べるがいい！　小さな蚕食《さんしょく》者よ、わたしのお腹《なか》を食べるがいい！　わたしの血でお前を養うがいい！　お前はわたしだ。お前はわたしの夢だ。わたしはこの世で見つけることができなかったので、わたしの肉でお前をつくったのだ……愛よ、さあ、もうわたしはお前を得た！　わたしはわたしが愛するその人なのだ……。」

㈡ 空腹――ジュリアン＝ダヴィへの愛、フィリップ＝ヴィヤールへの愛。「我を滅ぼさんとて汝《なれ》はきたれり、愛よ……。」

アンネットのわが子への愛の熱狂もやがてその周期の絶頂を過ぎ去る。子供は自我をもち出すや否やこの熱狂を「煩《うる》さく」思った。彼女の中には再び青春が目ざめつつあった。青春は「母性愛の要求の愚かさ」をアンネットに認めさせる。青春は「何も失われていない。おまえはまだ幸福に対して権利がある。」と告げた。ジュリアンは第二のロジェであった。二人は互いに愛し合ったが、ジュリアンは、父なし子の母であるアンネットの罪をどうしても許せない。次に彼女が愛した男はフィリップという医者であった。「夏の嵐《あらし》」のように激しい情熱と情欲――正式の結婚が不可能な条件のもとで――のもとでアンネットは危うく「破滅するところだった。」彼女は命がけで逃走した。苦悩のどん底で、「突然、ひき裂かれた魂の飛翔《ひしょう》が、解放の粗《あら》粗しい叫び声をあげて羽搏《はばた》きした……アンネットの腹は裂けて、堅い枕の上、苦悩の夜の敷居の上に新しい魂を産《う》みつつあった……。」アンネットは不思議な力で回生する。

㈢ 反抗する子供《こども》との葛藤《かっとう》

個人の母から「世界の母」へ。第一次世界大戦がはじまったころ、マルクは中学生であった。戦争の混乱と青春の混乱がいっしょにマルクを襲った。マルクは母親の干渉を憎しみをもってはねのける。二人は憎み合い対立する。「愛は底にあった。怨《うら》みに酔うた愛が。傷ついた悩み、血の流れ出る愛、そして復讐《ふくしゅう》を欲する愛が……」アンネットにとって愛さないことほど苦しいことはなかった。だが、拒絶された息子への愛は、別のはけ口を見いだした。田舎の中学で教師をしていた彼女は、ドイツ人の傷病兵の捕虜たちが狂暴な群集の手中に落ちこもうとする瞬間、おどり出て叫んだ。「卑怯者《ひきょうもの》！　それでもあなた方はフランス人ですか？」彼女は死に行く傷病兵に献身した。彼女にとって、世界は恐ろしく、心は苦悩にみたされた。だが、彼女の、束縛されていた彼女の胸は解放された。幻影の一枚がはげた。

「すべての母性を。単に息子に対する母性ではない！……お前たちは皆わたしの息子です。……お前たちは互いに苦しめ合っています。……わたしは『世界の母』です……。」

㈣　理想主義の没落

個人の母であることを脱却することによって、アンネットの「愛」は普遍性を獲得するかに見えた。だが、彼女が命まで賭けるほどの――そのために職も失ってしまったが――危険を冒《おか》してまで助け出し、親友と再会させてやったドイツの捕虜《ほりょ》フランツが、たちまち他の女を愛しだしたのを見て、アンネットは傷つく。そこで彼女は、再び自分が情欲の奴隷であったことを悟る。

「彼女の理想主義はすべて、鞭《むち》をもって彼女を犬小舎《ごや》に追いこむために、自然が用いた餌《えさ》だった。彼女は犬係の下僕《げぼく》から自由になれるほど大きくなかった……。」

㈤　マルク＝リヴィエール氏の誕生

アンネットにとって、マルクは自分の肉で作りあげた自分のものであった。その幻影が破れるときがついに到着した。マルクは成長していた。彼はアンネットに対し、「一人の男性」としての権利を要求した。彼は、彼に対するもう一人の権利者ロジェと対面させることを要求した。また戦争は、マルクに対しても、いつ徴兵令を出してくるかわからなかった。が、マルクは、はっきりと「ノン」という考えに決まっている。アンネットは叫ぶ。「お前は身を滅ぼす権利はありません。」アンネットは「いっさいの社会的義務は――あたしの眼《め》には、神聖な愛情――愛や、母性のように不変な永久のものに比べれば問題でありません。」と叫ぶ。アンネットは、しかしマルクが自分を捨てて、父親を選ぶ危険を覚悟しながらもマルクの要求を認めた。マルクが再び彼女を選んで帰って来たとき彼女は泣いた。「あなたはぼくのお父《とう》さんで、お母《かあ》さんです。」マルクは思想的にも母より見通しをもっている。「社会的義務が自然の感情を傷つけるようになれば、別の社会的義務、もっと広い、もっと人間的な義務でそれを代えることが必要です。」という。

アンネットとマルクは、肉親の愛以上の「愛」を取りもどした。人間と人間との承認、友人のような愛が、二人の間に成立した。

㈥ 友情の時代

息子を友人のように愛せるようになったアンネットの愛は、普遍的な輝きをもって広がった。年もとったのであるが、再び情欲の奴隷となることなく、美しい友情の時代が来る。ジュリアンとの和解。ブルーノとの魅力的な友情。嫁のアーシャに対する友情。チモンでさえアンネットの人間性によって資本家の同盟を裏切った。

㈦ 総決算。マルクの死

マルクは、反ファシズム運動の犠牲者となって死んだ（この事件そのものは必ずしも偶然的ではない。ロランも、イタリアのファシストたちが作り出した不穏な情勢のために、イタリアに入国できなかったくらいであるから）。マルクの死によって、アンネットは深淵《しんえん》に立たされる。今までのすべての幻影に対して、彼女はいっさいを賭けたわけではなかった。一つの愛の対象を失っても、彼女全体の存在が危機におびやかされることはなかった。しかしマルクに対しては、彼女はいっさいを与えていた。ロジェ以来「愛」に捕われつづけてきた彼女は、マルクがなくなった今、はじめて「非愛」に達し、「あらわな魂」となって「一者」と対面する。「一者」と対面するということは死への第一歩を意味する。

「『自ら非愛を作った』あらわな魂は『一者』と最初の接触をする。それは解放と平和に達する嶮《けわ》しい路《みち》の第一夜の宿である……。」

マルクの死は、アンネットのもつ二つの世界（レーニンへの道と、母なる生への回帰）の二つの道の断層をはっきりとあらわにした。もし現象世界のいっさいが幻影であるとしたならば、自分の愛したマルクの存在、およびマルクがその血をささげた世界も幻影なのだろうか、もしそうだとしたなら自分の今までのいっさいの苦しみも「一者」と同じように幻影なのだろうか？　いっさいは空なのか、それとも真実であり実在なのか？　アンネットは激しく煩悶《はんもん》する。

ロランにあっては、この二つの世界は双方とも並行して存在しているのである。一方において、アンネットは「一者」と接触し、その足を死と天上の世界に踏み入れていた。が、他方において彼女は、息子が死をもって贖《あがな》った現実世界を、にないつづけようと立ち上がる。アンネットは、このまま無の中に埋没してしまうことも可能であった。しかし彼女は立ち上がる。

「お前が何であろうと――無であろうと、いっさいであろうと――自分は自分の運命の究極まで行くだろう！　なぜなら、自分の意志だけは、それだけは少なくとも自分のものだから……前進中に死ぬこと……」。「一者」へ向かう天上への道と歴史的現実へ向かうレーニンの道。

マルクの死は、アンネットが自ら自分の肉で作り出し、養い育てた愛の幻影の消滅を意味し、「愛」はその復讐を完了することを意味する。マルクは、アンネットが解決しえなかった「愛」の犠牲者ではなかったか？　マルクは、「愛」の果実として生まれたのではなく、「愛」をあきらめてもなお残る情熱の衝動＝官能の復讐によって生まれた。マルクは、アンネットの「愛」の手段として作り出され、またアンネットを「一者」に対面させるために奪い去られねばならぬ手段としての性格をもつからである。アンネットの魂の現象学のための飛びこみ台の役めがマルクである。このようなマルクの役の設定は、リアリズムの小説から見るならばけっして許しがたいものではなかろうか。マルクを生かすことによって、歴史的現実そのものを生かす道も可能ではなかったか？　マルクの死は、マルク自身の必然性で描かれていない。つまり歴史的必然性の側からその死が必然的なものとして描ききられていない（ロラン自身も危険を感じて行かなかった情勢下のイタリアになんでうろうろ旅行するのか？）。

(八)「魅せられたる魂」の溶解

『魅せられたる魂』とは、愛の終焉《しゅうえん》とともに生まれた肉体マルクを、運命愛としてにない、母性愛を経て、必然性への洞察《どうさつ》にまで高める物語である。この必然性はレーニンの歴史的現実にまで通じていた。しかし、他方、運命の不合理は最後までアンネットに復讐した。この業《ごう》からの脱出を、ロランは合理主義者の立場で解決しきれず、マルクを殺し、アンネットを天上の「一者」へ向かわせた。アンネットの死は、すべての欲望、いっさいの幻影の終わりであると同時に「無限の牧場」への回帰であった。「魅せられたる魂」は、ここにはじめて「溶解」するのである。

自由と愛の分裂という出発点をもつこの小説は、その結末を、自由と愛の現実での美的統一という形で結ぶこともできた。しかしロランは、愛のもつ業、その幻影からの脱出は、即《そく》、天上の「一者」への帰一という、現実否定の虚無主義による以外解決しえなかった。ロランにあって、虚偽の情熱からの脱出、幻影の溶解が、即、真実の人間の現実での実在、真実なる社会の建設とはならず、現存在のすべての虚偽の溶解は「死」に通じ、「死」は「解脱《げだつ》」へ、「解脱」は「一者」への合一となる度合いが強い。地上での「楽園」より、天上での「楽園」を夢みるペシミスト、ロランが、やっぱりここにもいる。

このようにして、地上のものが幻影を脱し、一歩歴史的現実の真実に達すれば、それに応じて、天上の「一者」も一歩増大して、業とともに地上のもののいっさいを無にかえそうとする。レーニンが増大すれば、インド思想も増大し、インド思想が増大すれば、レーニンもまた増大する（「一者」が行動の栄養分でもあったから）。一方には歴史的必然性を見つめ、人間をも現実的存在として実在させようという唯物論があり、他方には、歴史的現実と人間存在そのものを「幻」とみて「一者」へ帰す神秘思想がある。『魅せられたる魂』は、この二つの思想の戦場である。そして、結局、少しずつインドの神秘思想が勝利を占めていく。

ロランの「生の哲学」は、アンネットが数々の情欲のわなに落ちこむことをあえて容認する。これは、封建的な女性道徳を打ち破るにたる進歩性をもっていたことは事実である。しかし、つまるところ、思想的には自然主義《ナチユラリズム》の域をこえ出るものではなかった。地上における自然主義《ナチユラリズム》への屈服、これのちょうど正確な裏として、天上の神秘主義が現われるのである。このロランの神秘主義を打ち破る思想として、われわれは、マルクスの恋愛論を対置したい。マルクスは、人間主義・自然主義という、自由と愛の現実的統一の道を示した。マルクスは、自由＝人格主義と自然主義との統一のためには、「自然的欲望」を「人間的欲望」へ高める必要があるといった。アンネットは、「自由」と分裂したまま「自然的欲望」の遍歴に生きるという「過程人間《プロセス》」に終始してしまったが、その欲望を天上へと解消するのではなく、いかに、地上の「人間的欲望」へ高めるかが問題である。このときはじめて、「人間存在が人間にとって自然的存在となり、人間の自然的行動がそのまま人間的なもの」となることが可能となる。そのとき、自由は自然化され、自然は人間化され、両者の美的な統一が可能となるのである。

(九) 方法論として

作家がもし愛への執着《しゆうちやく》とそれからの脱皮という過程を描きたかったとしても、それを思想としてではなく、そうならざるを得なかった次第をリアリスティックに描いてこそ、はじめて成功したといいうるのである。ロランの方法、「幻覚と脱皮」という方向自体、単に意識の遍歴にとどまるかぎり、あくまで、一種の告白小説の域を出ないものとなってしまう。「愛の現象学」にすぎないものとなってしまう。むしろ、意識が変転せざるを得ない必然性を、事件と行動の歯車をかみ合わせることによって描いてこそ文学といいうる。ところが、ロランでは、はじめから一定の思想をもった人物が登場し、作者がその内訳を解説したのちは、その意識が変転する、その状態を叙述することがすべてということになってしまいがちである。結局、具体的行動のほうが「意識の現象」であり、その思想を暗示する「象徴」であるという、さかだちした関係に陥りがちなのである。行動の論理より意識の論理のほうが、ほんのわずかであるが、やはり強い。その結果、ロランの文章は、きわめて「比喩《ひゆ》」の多い文章になってしまった。

一般に「遍歴小説」が陥りやすい欠点は、実在を作中人物の意識を通じて見るという方法論をとりがちなので、作中人物の自覚の度合いに応じてしか真理は存在しない、という相対主義に陥りやすい点にある。また、真理は客観的なもの（意識から独立して存在する）として認めることができず、真理は作中人物の意識を介してしか実在しない（真理は意識の志向対象）という現象学の立場に陥りやすい。だから、意識が迷えば真理も存在したりしなくなったりする。これが、客観的真理を芸術的に、意識を通じて反映するというリアリズムとの相違点である。このことは、そっくり『魅せられたる魂』にあてはまる。

結局、この小説の最も重要な主題をなす世界の母＝根源的性、あるいは「一者」＝「実在」というロランの哲学が、リアリズムと矛盾する結果となった。この小説は、個々の側面――たとえばシルヴィという人間像の典型性とか、愛情や心理のすばらしい叙述、独占資本家たちの欺瞞《ぎまん》、パリでの生活のきびしさ、社会主義者アーシャの示す新しい人間像——などで生き生きとしたリアリズムを示しながら、小説全体としてはリアリズムを失ってしまっている。

ロランとベートーヴェン研究

ロマン＝ロランの晩年、彼の知的活動のエネルギーと関心とをもっぱら独占したものはベートーヴェン研究であった。六二歳のロランは、ベートーヴェン研究の第一巻『エロイカからアパッショナータ』を刊行、六四歳のロランは『ゲーテとベートーヴェン』を刊行している。六七歳のロランは『魅せられたる魂』の全巻を脱稿し、それにつづく大きな仕事として七〇歳のロランは、ベートーヴェンの晩年の研究をはじめ、『復活の歌』、『第九交響楽』、『後期の四重奏曲』、『フィニターコメディア』と、文字どおり死の床のまぎわまで執筆はつづけられた。この前後の三巻の執筆の時期は、フランスがドイツ軍の侵略支配を受けていた時期であり、移動する戦車の音の中で筆をすすめるロランは耳の奥にピアノコンツェルト「皇帝」のアダージョを聞くのである。「三日三晩、それが歌い、心のなかに住まった。」ロランは自問するのである。

「ナポレオン軍の圧迫と大砲のとどろきに、槌《つち》で打たれたように感じたときのベートーヴェンの頭脳」も同じように「青空の目」のようなこのアダージョを聞いたのだろう、と。

ロランの最初の計画では、ベートーヴェン研究は次のような体系となる予定であった。

一、自己形成期――一八〇〇年以前
二、英雄精神の歳月――(エロイカからアパッショナータへいたる) 一八〇一〜一八〇六年
三、古典芸術の充実(第四交響曲から第八交響曲まで) 一八〇六〜一八一五年
四、大いなる危機(死と復活) 一八一六〜一八二三年
五、遺言(第九交響曲と四重奏曲) 一八二三〜一八二七年

一九三七年、七一歳のロランは、この計画のすべてを実現するのには、あと一〇年は必要だといっている。ロランは「自分でいちばん気になっている部分を、まずやっておこう。」と考え、特に四、と五、に研究を集中した。その結果一、と三、の部分の研究は永遠に日の目をみることができなかったのである。

エロイカから
アパッショナータまで

ロマン＝ロランは、ベートーヴェンの創作期を大別して三つの時期に分ける。第一期は、だいたい、一八〇一年ごろまでの自己形成期のベートーヴェン、「若いころそれらの影響を受けた師匠たちとすでに肩を並べている天才の輝かしい朝」がそれである。つづく第二期は、アパッショナータから第八交響楽にいたる一八一五年ごろまで。「交響楽的に充実した力を確実に所有している勝ち誇った成熟期の王者」。

最後の時期は、一八一七年の危機を経て、晩年期をかざる種々の大作で更生する老いたるベートーヴェンの孤独な充実である。「豊かな経験に満ち、数々の勝利とともに敗北をも味わった末、人間界を越えた遠い

ところで、目に見えない力と対話をかわす夢想をはぐくむところの苦くて、しかも香り高い蜜《みつ》に満ちあふれた瞑想《めいそう》と諦観《ていかん》の人生のたそがれ」。

ベートーヴェンは満三四歳のとき「ワルトシュタイン」を、三五歳のとき「アパッショナータ」を作曲している。フランス革命期の青年にとって、「社会に先だってまず個人が解放されなければならな」かった。「ここではまず自我。ついで共同社会。」しかし、このときのベートーヴェンは、すでに自我形成（自我の中の拡大力と集中力の統一）をなし終えていた。この三〇歳の坂をのぼりはじめた若き壮年は、すでに形成されてしまった自我の力に燃えている。中期のベートーヴェンは、すでに確立した自我と社会との、個人と運命との四つに組んだ対決にのり出す。このベートーヴェンには、すでに形成しつつある自我がもつ魅力はない。ここには形成された自我の力によって「世界をしっかりと両腕で捕え、それを確保」し、「素材を統御し、手の下でしなわせ」、それを「征服」し、「支配」し、「革命ののちに帝国を」確立せんとする意欲が荒れ狂っている。ベートーヴェンは「自然を工事場とする建築の巨匠《きょしょう》」であり、「指揮をとる精神」、「帝王の威をそなえた理知」なのである。

一般的にいって、自我形成期では、社会のほうが個人より大きく強い。しかし、壮年期に達すると、知らず知らず社会の中堅となり、社会と四つ相撲《ずもう》をとることができるようになり、むしろ、あるときは自分の力で社会のほうを動かすことだってできるようになる。中期のベートーヴェンは、この闘いへの挑戦にみちている。一般に、ベートーヴェン中期の様式は、有機的構築性にみちていて、内容的には、一つの自我ではなくたくさんの自我の抗争と統合、個人と社会（運命）との対決、これらの全体像の形成に重点が移される。個人の感慨も淡い反省と諦観《ていかん》、仕事の間合いの休息と展望、解放された時間でののどかさなどにみちている。

次に、ロランの「アパッショナータ」の分析を要約的に紹介しておこう。初頭に第一主題が暗い運命を暗示する。これは、嵐を含んだ暗い情熱の到来の予告である。おののく自我。暴風と抗争、自我の敗北。第二主題を「愛情による屈折を受けて人間化され、憐《あわれ》み深くされている」とのべている。ここに、対決する二つの原理はそろった。一方には、運命の重荷を暗示する情熱、他方には、この運命の重荷と闘う人間化された情熱、やがてソナタ形式がもつ二元的弁証法の展開の世界が開かれていく。白兵戦。

やがて勝敗を決すべきときが来る。運命は人間化され、そのイバラの毒を失い、人間は運命に内在した必然性にきたえられる。人間は運命の必然性に向かって叫ぶ。「そうならねばならぬのか？」答が用意される。「よし、それならば、よし、そうなろう！」全力をあげたパトスが寄せ、意志と必然性との合体が成就する。「汝《なんじ》の意志は成就した！」

この「運命愛」は、運命を暗いままで、これをになうニーチェのそれとは異なっている。運命を人間化して、しかも、その必然性をになう人間の勝利がある。だから「運命の主題は遠ざかる嵐のように、はるか彼方《かなた》へ、夜の中へ消えていく……。」

中期の「運命愛」では、まだまだ、自覚と自我の深化による一体感にまでは達していない。白兵戦ののち、暴力と加熱の末に、無理矢理《むりやり》に構成した一体化があるのである。それだけに力にみち、なんでもこいという迫力にみちた一体化がある！

「復活の歌」から「第九交響楽」まで

ベートーヴェンの創作力は、一八一七年をとうげとして低下していき、ついには深淵におちた。

一八一七年、ベートーヴェンは、ただ一曲しか作曲しない。「二ページにならぬ貧しい歌曲一曲」である。『諦念《ていねん》』と名づけられたこの歌曲は、「消えよ、わが光！」と歌い出す悲痛な歌である。ベートーヴェンの精神力の低化の原理は何か。ロランは『復活の歌』をこれらの分析にあてている。ナポレオンの侵入の精神的ショックが数年後に現われたこと、病気、個人的幸福への希願と断念など……。

この精神的心境を最もよく表わしたものが、一八一六年から一七年にかけて作曲された、ベートーヴェン最大の連作歌曲「遙かなる恋人によす」である。地上で結ばれることのない恋人が、それゆえにかえって永遠に変わらぬ愛を歌うのである。夕ばえが青い湖を彩《いろど》るとき、孤独な男は一束の歌を送る。彼女はそれに答えるかのように、あらゆる技巧をこえた歌を歌う。「この歌の前に、彼らの心をへだてるものはすべて消え失せるのだ！」と。ベートーヴェンは、個人的幸福の永遠に過ぎ去ることを知った。地上の個人的幸福が「次第に遠ざかっていくという感情」は、「ますます痛切なもの」となっていった。この断念と別離の感情を、ベートーヴェンは、「心情の最も秘めやかな」形式、歌曲で表現した。「非肉体化された叙情性」としての、この歌曲は、肉声をうわまわる肉声である。「忍従」、「夕べの歌」と、この「遙かなる恋人によす」は、このベートーヴェンの心境をあますところなく語っている。この痛切な過渡期を表現するのに歌曲という形式を選んだこと、これらの歌曲が、ベートーヴェンの深淵の表現であること、これを明らかにしたのはロランの業績である。

ところが、ベートーヴェンは、この深淵から立ち直るのである。「苦悩をつき抜けて歓喜へ」いたる過程は、「第九交響楽」があますところなく語る。第三楽章の回想と断念、そして深淵の中からの歓喜の賛歌。ロランは、このベートーヴェンの更生を「復活の歌」と名づけた。「ミサーソレムニス」と「第九交響楽」の二大作がうまれた。

抱きあえ人類よ
このくちづけを全世界に！

ベートーヴェンは、個人的心情に与えられた傷を脱するのに、普遍的な心情への賛歌をもってしたのである。しかも、個人的不幸をのりこえ、人間存在そのものを肯定的に、その喜ぶ姿でとらえようとした。

「第九交響楽」においてベートーヴェンは『人間的人格』(神的人格でなく)を賛《たた》えている。他方では、大地にしっかりと根をおろした人類の全

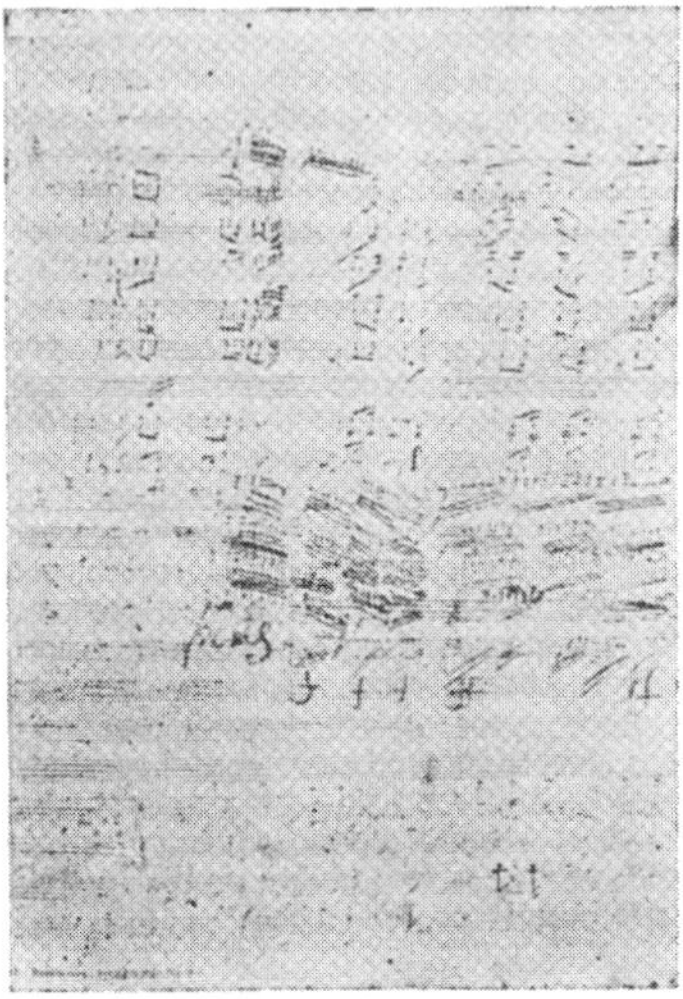

「第九交響楽」
ベートーヴェン自筆楽譜

体性と、神において結ばれたすべての民族の友愛に約束される大いなる希望を祝福している。」ロマン＝ロランは、「第九交響楽」の終楽章に歌われる、人類統合の歓喜の大合唱を批評して「人類の偉大な一時代の帰結、その時代の理性と心情とのあこがれの完成」であるばかりでなく、「未来をおぼろげに予感するもの、未来の神話的な先駆」にほかならないといっている。この人類統合の夢と人間的人格肯定の夢は、いつまでも人類に受けつがれるであろう。

後期の四重奏曲 「ミサ－ソレムニス」、「第九交響楽」の二大作を書き終えたベートーヴェンは、急遽《きゅうきょ》「弦楽四重奏曲」に打ちこむのである。なぜ、ベートーヴェンは弦楽四重奏に向かったのか。その理由について、ロランは次のように分析している。

「彼は公衆向きの力強い大壁画を描き上げたところである。彼は超人間的に——非人間的なまでに——何年もの間、神とその予言者たちと向かい合って、自分のシスティナ礼拝堂（ミケランジェロがその天井画を描いた）の天井にへばりついていた。今は、梯子《はしご》を下《お》りて、自分自身と対面しなければならないときである。彼は明細表を作成する必要を感じ、そのために、自分の部屋のまわりの新しい探検旅行を企てた。ベートーヴェンは、その企てのための乗り物を捜した。「馬をもて！ わが馬に王国をすら賭けようぞ。」同族でしかも四つの個性をもつ「弦楽四重奏」こそ、「自己の中の多様な流れと、それらが流れつく先の最終目的をはっきり意識させうる」最適の形式であった。この形式は「この時点における老人の、心の底まで打ち明けたいという絶対的な内心の欲求にこたえるもの」であった。これは「自己の内部にくまなく光をあてたいという知性の欲求であり、この世を去る前に決算をつけておきたいという道徳的良心の欲求」でもあった。

つまり、ベートーヴェン最晩年の五つの弦楽四重奏曲は、一時は神の力を借りて達しえた絶対自足の境地を離れ、今度は神の力を借りず、人間一人の力で、もう一度、その絶対自足の境地をつくり変えてみようという試みであったと思う。神への自足から自己への自足へ。これは、一方では、過去の成果の個人的享受でもあり、他方では個人の力の再確認でもある。これは、孤独になった個人の、類的個人性の再発見でもあり、個人的存在というものがもちうるリアリティーの追求でもある。後期の「弦楽四重奏曲」から受ける感動の実体は、個人を舞台にしてくり広げられる人間性へのリアリズムの明徹《めいてつ》さと、神なくして人間の力によって達しえた人間的自足がもつ高貴さへの感動以外の何ものでもない。

ロランの弦楽四重奏論の要点をいくつか特徴づけることが可能である。まず、その音楽的情緒が、きわめて「魂の自然な流露」となった点を認めること。これは、もう一度、個人の自然性の側から存在の普遍性をつかみ取ろうとする意図を表わしている。次に、闘争と崇高な悲哀というベートーヴェンのなじみの顔に出会う。けれども、ロランは、一方には「闘争にはたいして興味を感じなくなった」ベートーヴェンを認め、また、その悲哀においても、それを「浄《きよ》める海の静けさ」「頂の峰の憩《いこい》」へと通ずる平静さを認め、「宗教的な憂うつをじっと噛《か》みしめている精神の自然の状態」を発見しようとしている。次に、「厳粛で、沈うつで悩みにみち、宗教的な雰囲気《ふんいき》」とは異なった「陽気なふざけと、イロニーの精神のしっぺ返しと逃避」という側面を取り出し、これをかなり重視するのである。最後に「完成した仕事に満足し、誇りをもち、深々と息を吸いこむ」ベートーヴェン、「熱狂した弁証法的闘争にふけるよりも、色とりどりの、思いがけない幻想によって自分を楽しませるほうに心を奪われる」ベートーヴェンを発見し、これを高く評価するのである。ロランが、おそらく自らの老年期と相共感するものを最も多く感じたのは、この過去の成果に自己享受するベートーヴェンの姿であっただろう。「これは、果実の味をいっそうよく味わうことのできる人生の秋の特権である。」

プロメテウス型の人物、このベートーヴェンの中軸をなすべきものは、闘争であった。そして、これは中期様式のすべてであった。けれども、この闘争には目標があった。個人と実在の必然性との一致合体がそれである。アパッショナータの「運命愛」。だが、問題は、運命と一致することのみにあるのではない。この一致を可能にした個人の構造をさぐり、その個人の可能性をさらに変転させることも可能である。最晩年の作品、op.135における終楽章、「苦心して手に入れた決心」は、「そうあるべき」運命の掟《おきて》の受容を、中期とは異なったしかたでやりとげてみせたものである。たぶんに「幻想的気まぐれ」、「イロニー」、「おしゃべり」、「現実そのものさえ重さを失う、世界を戯《たわむ》れるユーモア」の中で。これは、運命の必然性と戯れるモーツァルトへの一歩接近である。

晩年の弦楽四重奏曲群には、たくさんの「崇高的なアダージオ」がみちている。人生の悲哀と神への祈り、神への感謝などの心情を内に秘めてはいるが、これらを聞いて感ずるものは、意外と神や祈りとは別個なもの、つまり、人間が独力で獲得した平静さと静浄さである。

つづいて、イロニー的反逆と逃避。まず、次に掲げた図表をみてほしい。右へ行く方向が普遍性、逆が個別性である。ベートーヴェンは、むしろ普遍性への方位の強いタイプであり、モーツァルトの反対である。しかし晩年のベートーヴェンにあっては、一人孤独な個人が神と対面するという側面がふえていく反面、逆に、個別性に遊び、個人を享受する側面もまた開拓されていくのである。変奏曲は、過去の成果の変転的享受のための形式となり、フーガは、自我の同一の理念の反復的展開の形式となった。若くしてモーツァルトが、神とともに戯れる境地に立っていたのに、ベートーヴェンにあって、自らの努力と戯れる境地に達したとき、すでに老境にあったのである！　ロランはよく、この晩年の心境にフォローし、これを評価している。

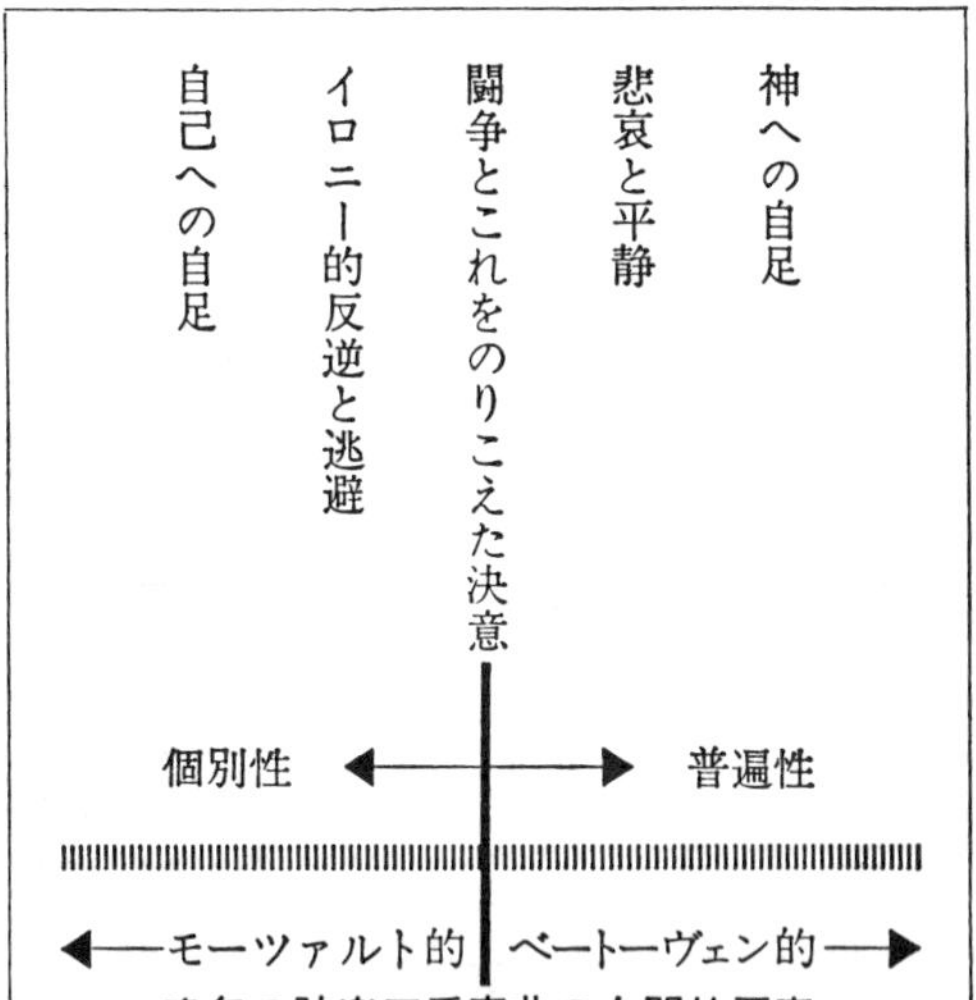

晩年の弦楽四重奏曲の人間的要素

自己への自足《アウタルケイア》。このモーツァルトの境地に老境のベートーヴェン、この闘うプロメテウスが、やっと到達するのである。しかも、彼独特の様式で。われわれは、op.109のピアノソナタを知っている。幸福な夢想というべき第一楽章、それにつづく絶妙なる変奏曲。これは、過ぎ去った遠い数々の幸福への自足にみちた回想である。あるいは、回想という形を通じて浮かび上がることができた、自足にみちた過去の経験の思いがけぬ再発見といってもよい。私は世にある美しい音楽の中で、これほど美しいものを知らない。美しい音楽は数々ある。けれども、これほど人間化された美を私は知らない。これに匹敵するもの、これを凌駕《りょうが》するものがあるとしたなら、晩年の「弦楽四重奏曲」op.130の第五楽章、「カヴァティーナ」以外にはありえない。ベートーヴェン自身「私はこの『カヴァティーナ』を文字どおり、悲嘆にくれ涙の中で書きあげた。私は自分で書いた音楽で、これほど深い感銘を受けたものはほかにない。この曲を思い返すごとに、涙なしではいられない。」とのべている。ロランは、「魂は胸ふたがれるような想《おも》いでその過ぎし日の夢を敬《けい》虔《けん》と愛をもってなつかしむのだが、結局、宗教的な強さで自分を取りもどし、悔恨《かいこん》をなだめ、自分自身も落ちつく。溜息《ためいき》をつきながら。」と評している。だが、私の意見はロランと若干ニュアンスを異にする。私は、少しも「宗教的な強さ」をこの中に認めない。この曲は、過去の夢、現在の人間的痛手のすべてへの、孤独なる自愛の感情である。そして、自分自身の人間的な力で（神や宗教的力によらず）自分自身を統一し、自己回復し、それに自足する人間の感慨である。宗教の力によらずとも、人間はこのぐらいのことはできる！　ためしに、ミケランジェロの「ロンダニーニのピエタ」（最晩年の作）を見てみたまえ。ここには、神にくずれ落ちていくミケランジェロがいる。しかし、ベートーヴェンの晩年作には、このようなくずれ落ちる姿勢は見られない。最後まで、「汝自《なんじ》らを助けよ」という人間的原理が貫徹している。ここには、なんの禁欲主義も、なんの救済への祈りもない。もちろん、神への祈りと人間的自足とでは紙一重かもしれぬ。しかし、この曲の憧憬《どうけい》、嘆き、諦念《ていねん》をみつめたまえ。ここには運命への和解とやさしい許しと受容、運命をその最も苛酷《かこく》なものまでも愛し抱擁する人間的な力がある。ただ、人間的痛手に関してのみ、祈る心と共通であるかもしれぬ。しかし、それを解決する主体の中には人間以外の何ものも住んでいない。ここには純粋な人間的なものの勝利がある。この曲の「最後の仕上げ」は「自己愛」である。この「自己愛」は、孤独な人間の最後の特権なのである。

ロンダニーニのピエタ
（ミケランジェロ作）

　さて、ロランとベートーヴェンの自足感について考察すべきところにきたように思われる。ロラン二二歳のおりの論文「真なるがゆえにわれ信ず」の中には、個別者と普遍者についての関連を論じた箇所があった。個別者は普遍者の分身であり、また分身としての「役割」を全うすることによってはじめて普遍者と合致しうる。逆からいうと、普遍者の分身である限りでしか個別者でありえない。ベートーヴェンも次のようにいっている。

「神によって創造された私たちは、自己に与えられた力を極度に使って不撓不屈《ふとうふくつ》の努力をすることによって、創造者の栄光を賛えるのである。」と。

ロランとベートーヴェンとの間のこれら共通の見解は、結局、神中心的立場と人間主義との間の関連の度合いとその構造を解明しているのである。ロランとベートーヴェンは、十二分に個人主義的人間主義者でありながら、同時に、むしろ普遍の中で個人を見いだすというタイプに属していた。ただ、普遍主義といっても、個人のそとにある普遍者に帰依《きえ》没入することに重点をおくのか、普遍的なるものを個人の中に生かして、普遍にてらして個人を豊かなものへと開発するほうに重点をおくのかによって、ずいぶんニュアンスがちがってくる。中期までのベートーヴェン、『ジャン＝クリストフ』の時代のロランは、むしろ、個別者の側から普遍者に対決していた。ところが、晩年の彼らは、普遍者へ一体化する立場に達し（ベートーヴェン晩年のピアノソナタはそれへの移行期）、その地点から、逆に個別者の役割を再評価して、これに沈潜した（特に最後の「四重奏曲」とロランの「内面の旅路」「回想録」）ものなのである。普遍性の構造ではなく、普遍性にてらし出された個人性（類的個人）そのものの構造へのリアルな追求の世界がここに開けるのである。これは新たな発見の領域であり、新たな形成に関する領域である（ロランによれば op. 127 は果実の享受、つづく作品群は別の告白）。ここに普遍者への自足感とは別個な、個別者へのみ向かう自足感の領域が開けてくるのである。

ここには、大別して、二つの人間的側面が切り開かれる。その一つは、かつて、普遍者に向かって労働し苦闘したもののみが達しうる、その労働の成果の自己享受という立場である。果実の享受は、その果実を形成したもののみの特権である（ブールデルの彫刻「果実」を見られたい）。ロランは op. 127, op. 130 に対して、それぞれ、「勝利に参与し、その黄金の果実というべき平和」、また「健康が回復し、創造力があふれ、op. 132 という完璧《かんぺき》で至難な傑作を完成した満足にいたっていた。一八二五年の夏、彼がくつろいだというのも自然ではないか。」とのべている。

もう一つの側面は、普遍にてらし出されて浮かびあがってくる個人性の発見という側面である。この個人性は自己形成期の青年の個人性とは異なる。単純に自己内の拡大と集中という闘争に生きるものではなく、その自己内闘争をそれぞれ普遍の側からながめられるという二重うつしとなるのである。四頭馬車たる「四重奏曲」ほど、このダブルートーンの境地を雄弁に表現しうるものはない。個人存在への至上なるリアリズムがここにある。ロマン＝ロランの『回想録』『内面の旅路』では、過去の作品への自己評価が加えられる。この評価が妥当なものであるか、否かは別として、ここにもダブルートーンの境地があるのである。これは、生あるかぎり、「最後の仕上げ」を神の手にゆだねず、たとえ、そ

ブールデル作 「果実」

れが神の目からすれば「喜劇」（喜劇は終わった、拍手せよ。ベートーヴェン最後の言葉）にすぎないとしても、あくまで人間の手で果たしたいという「道徳的良心の欲求」ではないか？

ここで、最後に問題となることは、ベートーヴェン＝ロランと、モーツァルトとの異同である。ともに古典主義者として全体像の構築に生きていながら、その個人観において、相互にあまりにも相違している。ベートーヴェン＝ロランは共に、普遍へ向かって苦闘し、禁欲し、労働する。個人性の享受も、その労働の成果の享受にすぎぬ。ところがモーツァルトにとって、労苦の有無は第一義的問題ではない。モーツァルトの生活苦の有無と関係なく、モーツァルトは、生来もち合わせた個別者としての体内の調和の発揮、展開に生きた。モーツァルトの音楽のすべては、生来もち合わせた体内自然の変奏である。なんの構築も発展もない、その時々の個別的な完結の並列である。個別的な投機、このモーツァルト的自然の自由の並列、この自由の軌跡が、それ自身、美しい内的全体を形成するのを見て、世人は再び驚くのである。ここには、第二のモーツァルトの秘密がある。普遍と邪気なく戯れる個別者モーツァルトがそこにいる。モーツァルトは、自分の個人的存在を普遍性の光でてらし出してみようなどということにあまり関心はない。むしろ、個別者の不断の発展を主体的に生きることに情熱があるのである。しかし、だからといってモーツァルトの個別性は、けっして普遍性に反逆し、普遍性から逸脱する個別性だと考えるべきではない。むしろ、個別性という円球の内部に普遍性が住むのである。個別性は普遍性に遊び、普遍性は個別的なもののもつ定在の中に安らい、神すら安らぎ眠るのである。ここには真にエピクロス的というべき自己充足《アウタルケイア》がある。

この神とすら戯れるモーツァルトは、すでに善悪の彼岸《ひがん》をこえている。モーツァルトは運命のもつ暗い毒矢を忘れて、その必然性に遊ぶのである。運命と遊ぶ小児、必然性の上を走る意志。だから、モーツァルトは、普遍と遊ぶかと思えば、墓地に遊ぶ小鳥のように世の暗黒とすら遊ぶのである。モーツァルトは、個人としての最高の境地、その個人に内在する調和に生きたから、その個人が属する世界が神の物であれ暗黒の場であれ、さして問題ではないのである。社会からは無名墓地に葬られるという冷遇を甘受しながら、個別者のもつその内在の調和は世紀をこえて輝くのである。その戯れの場が、光の場であればいっそう美しく、将来の解放された人類社会ではいっそう輝かしく、その普遍性に遊ぶのである。

真面目《まじめ》人間だったベートーヴェンとロランには、不遜《ふそん》ともいうべきこの個別者の遊びの境地はない。普遍は遊ぶべき場ではなく、やはり帰依《きえ》すべき中心であった。また、思想的深さという点でモーツァルトはベートーヴェンに遠く及ばなかったが、反面、生来の調和という点ではベートーヴェンはモーツァルトに遠く及ばない。これみよがしにはしゃぎまわるモーツァルトに対して、最後の「四重奏曲」のベートーヴェンは、虚空をにらんだ気むずかしい老人のぶつぶついう独り言《ひとごと》なのである。モーツァルトは、自己への自足にいっさいをかけた人物の典型である。この自足には王国をすら賭《か》けるのである。

フィニタ－コメディア
「喜劇は終わった」

「喜劇は終わった。拍手したまえ。」(Plaudite, finita est comoedia) これが、ベートーヴェンの最後の言葉であった。ロランは、これを批評して、

「役は演じられていた。それは過信と、あだな情熱と、にがい欺かれと、夢想と独創的な想像との役であった。しかし彼は自分の役割を澄明で、平静で、醒《さ》めた眼《まな》射《ざ》しで見つめながら見極《きわ》めていた。まさに捲《ま》きこまれんとしている最後の日々の激しい戦闘を前にして、自由なイロニーが最後の閃《ひら》き《め》を発する。惑乱しつつ夜の暗さの中へ転落していく前に、死に行く人々の目にこの至上の清澄さがきらめくものであることを、私たちはみな知っている。」といっている。

自分の役を十分に演じ終わったのちに神のもとへ帰る、というのは、常々ロランの思想であった。ここには、有限のものを無限に帰す「自由なイロニー」がある。しかし、反面、ここには有限な自分をリアルに見つめる「清澄さ」がある。このベートーヴェンの言葉は、一方では、神の立場からみると、自分の努力も有限であった、という、半ば自虐《じぎやく》的なイロニーともとれるし、十分やったが、人間としては、これがせいいっぱいのところさ、その気があるなら拍手したまえ、という唯物論者の生死観に近いものを感じとることもできる。

ロランは、「終曲《エピローグ》」の中で、ベートーヴェンに関する自分の結論ともいうべき見解をまとめている。「汝がそうであるものに成れ！」これがベートーヴェンの在る姿のすべてである。だが、これの内訳を説明するロランの見解は、意外と神学的で、結論的には、神に向かうベートーヴェン像を強調するのである。かつて、『ベートーヴェンの生涯』の序文で、「この勝利者プロメテウスは、神に哀願している一人の友に向かって『人間よ、汝自らを助けよ』と答えた。」と書きしるしたロランが、今度は、『人間よ、汝自らを助けよ』という有名な大言壮語などによって欺かれてはならない。幾度か闘士ベートーヴェンは神への救いを呼び求めていたのだ。」と語るのである。ここには、力点のおきどころにおいて、明らかに一つの変化を認められうる。

「創造的な偉大な魂は、燃え上がる。数々の直観のあいだを論理的な絆《きずな》で結ぶようなことに、けっして心を奪われはしまい。そのような魂は、その現存を自己のうちに認知する、同じ太陽から発したあまたの光線のように、それらの直観を飲み入れる。本質的なことは大陽が存するということである。ベートーヴェンは神にみたされている。『いっさいを越えてある神！』」

このロランの言葉は、結局、論理より直観と神を認めるという、ロランの信仰の基本線の再確認である。そして、ロランは最後を「この世の万象は一つの戯れであり、すべての戯れのうち『聖なる芸術』が最も美しいとしても、それは至高の渇望が目ざめのうちで解消していくべき、一つの夢にすぎないということをベートーヴェンが認めた」からであると結ぶのである。そして、ベートーヴェンの音楽の中に、彼岸の背後世界へと向かう「彼方《かなた》へ！　常に先へ」という言葉を聞く、という。このロランの解釈は、人間ベートーヴェンを神に近づけ、人間的努力を戯れの夢、仮象とみて、彼岸の救済へと解消する、自己消滅のイロニーを強調しすぎるものであると思う。ロランが「芸術は彼岸に属する。最も偉大な芸術は、達成され、超越され、ついには自己放棄にいたらねばならない」というとき、私は、芸術観においてはっきりロランと対立するものを感ずる。芸術が宗教と同じく魂の救済のためにあり、現実の果たしえなかったものの彼岸での達成にあるという見解、芸術を永遠不滅の希願であるという見解には賛同しかねる。芸術は宗教的幻想を美的に展開したものであってはならない。芸術とは地上の花、現世の果実である。人間は生あるかぎり、力のすべてを幸福と能力の全面的開花にあて、その努力の生存するかぎりでの炎が芸術である。個人にとって死はすべての終わりである。芸術はこの生命の花であり、永遠不滅の夢の反対物である。私は死による救済を説く、ファウストの終曲に対して、同じファウストの「死んだのちの世のことなどどうでもよい」、を対置したく思う。地上での幸福と自由にすべてを賭け、「死んだのちの世のことなどどうでもよい！」半ばシニック（皮肉な）なレオナルド＝ダ＝ヴィンチの生死観「十分に利用した人生は、明るい死をもたらすことができる」、のほうがはるかにさわやかである。私は、むしろ、次のように結びたい。「喜劇は終わった。拍手したまえ。あの世のことなど関心はない」、と。

神は、ベートーヴェンに住んでいた。これは事実である。カントにもヘーゲルにも神は住んでいた。ただし、これは一九世紀の人物すべてに共通な、その時代のイデオロギーなのである。二〇世紀のわれわれは、その史実を同じ信条でくり返す必要はない。ベートーヴェン研究、ヘーゲル研究、それぞれ、ともども、その時代と社会から出発して、彼らの信仰を説き明かすべきである。そのことは、まったくロラン研究にもあてはまる。生の哲学は、ロランの時代のイデオロギーであった。ニーチェからベルグソンへいたる時代の流れであった。したがって、われわれは、そのイデオロギーを、現代から不当に拡大して賛美することを警戒せねばならないが、反面、そのイデオロギーの欠陥のゆえに必要以上にロランを低くみてこれの価値を見失うことのないよう注意せねばならない。

ロランの方法論

最後に、音楽美学の立場から、ロランのベートーヴェン研究の方法論について論評してみよう。音楽美学説には大別して二つの立場が考えられる。その一つは音楽自律主義の立場であり、音楽は音形象（楽音）から音楽的情熱にいたるまで種々の幅は認めるとしても、音楽に固有の形象、音楽に固有の情熱的エネルギーがすべてであって、音楽は音楽以外の実生活となんらの関係も有しないとする立場である。他の一つは音楽他律主義の立場である。音楽はその音楽を形成した人間、その人間の生きた歴史的現実と不可分の関連をもつものであり、音楽はむしろ、これら音楽以外の実在の反映であり表現であるとみなす立場である。ロランの立場は、後者、つまり、音楽他律主義に属し、しかも、音楽がよって立つべき実在を人間的存在に求めている点で特異の地位を占めるものといいえよう。「芸術の尺度は人間である。この人を見よ。」とロランはいっている。

ロランは、楽曲の分析をもってすべてとする自律主義に対して「彼らは、音楽形式の分析から、心理的・歴史的な要素を、すべて縁のないものとして閉めだしてしまう。」と批評し、「芸術の諸形態をば、人間精神の一般的進化、社会の所産であり、因子であるものとは切りはなされた存在だ。」と考えるならば、それは「皮相的な見方」にすぎないといっている。「閉ざされた世界なるものは存在しない。」音楽だけ例外だと考えているとしたなら、「たいへんな思いちがい」である。「あらゆる芸術の実質は同じもの」なのである。そして、一般に「芸術とは、その環境に向かって、それぞれに固有の反作用を行なうことにより調和を実現しようとする存在の努力にほかならない」のである。この「芸術の反作用」は、「自我全体、およびその自我を条件づけている環境と結ばれたもの」なのである。しかも、この「自我や環境」は、けっして「一挙にすっかり確立されてしまったものではなく、二つとも進行しつつあるもの」なのである。つまり、ロランによると芸術とは、不断の弁証法的発展を行なう、自我と環境との間の運行を実在とし、この実在に固有の反作用を行なうものなのである。だから、芸術はこれらの実在がもつべき「一般的な法則に服従している」ものなのである。

さて、以上見て来たかぎりでのロランの音楽説は、きわめてリアリズムの立場に近接していると思う。しかし、リアリズムとの異同が問題となるのは、この次の問題、つまり、実在観、人間観をめぐる課題に関してである。ロランは、音楽の尺度を人間に求めたのち、その人間そのものに関して、意志的・意識的なものと同じく「意識下の螢光が蔽《おお》っている魂の知られざる土地」の領域を重要視する。

「ベートーヴェンは、強力な、意識下の意識をもっていた。これは、言語の日射しが照らしている世界では、いつもうまく自己表現できない。しかし、この意識下の意識は、音の世界の地下の回廊の中を謬《あやま》ることのない確実さをもって彼を導く。」

ベートーヴェンは自ら「音楽固有の領域を主張し、その領域は『詩でさえあまり楽々とは到達できない領土の奥深く広がっている』とのべている。」とロランは説明する。先には、「音楽固有の領域」はないと主張したロランが、今度はこれを肯定するのは、一見矛盾のようである。しかし、これは外見上のことである。実在との無関連を説く音楽美固有論者には依然として反対である。ただ独特の実在把握のしかたが、ある独自の領域を形づくる次第を強調しているのである。

では、ベートーヴェンの「意識下の意識」とは、人間存在の内部にのみ限られるものなのだろうか。そうではない。ロランは単純にフロイド理論を適用したのではない。ロランによると、この「意識下のもの」も、「精神の永遠の展開の諸法則に服従している」ものなのである。「ベートーヴェンの夢の布地」も「自然の布地と同じもの」なのである。ロランは、またまた、人間を無意識に還元し、その無意識の奥に、スピノザの神を認めるのである。ロランの実在とは、結局、「精神の永遠の展開の法則」という、精神的実在、つまり客観的観念論の立場によるものなのである。ここから、ロランは、はじめは人間中心主義の立場によっているかに見えながら、意識下の「地下の回廊」を通って、一挙に「精神の永遠の法則」の世界へと飛び去ってしまうのである。実在観が相違する度合いだけ、同じ客観主義の立場に立ちながらもリアリズム芸術の立場と、相互にくいちがうこととなってしまうのである。

私は芸術家の創作過程を芸術家の意識に還元すべきだと主張しているわけではない。むしろ、意識をリードする実作過程における「リアリズムの勝利」を強調するのである。ただし、意識をリードするものは、存在の運行であって、無意識の力でも、永遠の精神の法則でもない。それは次の段階では本人にも第三者にも必ず認識される存在の必然性の力なのである。原理的に不可知なもの、無意識なものではなく、原則的に認識可能なものであるが、創作の過程では、いまだ意識されざる存在の必然性としてとどまっているにすぎないのである。その必然性はそのつど認識されるものであるから、それをロランのように「意識下の意識」とか「精神の永遠の法則」とか神秘化する必要はないのである。もし、あくまでも「意識下の意識」の存在を「知られざる土地」として固定化してしまうなら、結局、天才の創作活動は本人にも第三者にも認識しえないものとなってしまう。事実、天才の活動は認識しえないものと断定した論者にカントがいる。しかし、私はこのカントの考えに反対である。私は、天才の活動は本人によっても、第三者によっても認識しうるし、その認識された方法は第三者に教授しうるものであると思う。スタニスラフスキーは、天才の創造活動の法則は認識しうると主張した。この天才の方法を学ぶことによって、自分を天才に生まれ変わらせることはできないとしても、天才が達しえた創造状態の何回かには（たとえその回数は天才の何分の一かにすぎないかもしれないとしても）自分でも達しうるようになると主張した。私はロランの熱っぽい無意識の説よりも、このかわききった、ざっくばらんな唯物論の作風のほうを高く評したい。

事実、ロラン自身「ベートーヴェンの作品は、単に完成した状態でだけ、われわれに姿を見せているわけではなく、最初の不確かな歩み以来、精神の奥底で、次第に道を踏みしめていく姿を見せているのである。ときには、創造者自身が、書きとめながらもその意義を知らないでいることさえよくある。これは、創造的自我の秘めやかな営みであり、われわれは、その整理された熱気をちょうどガラス越しに密房を観察するように、のぞくことができる。」とのべるとき、第三者ロランが、ベートーヴェンの天才的活動を認識しつくそうとつとめている姿を認めることができるのである。第三者に可認識なものは、本人にも自己認識されうる。そのとき（いまだ認識されていない領域は残るとしても）、認識しえない「意識下の意識」の領域は原理的に死滅するのである。

研究者ロラン

ロランの「ベートーヴェン研究」は、それ自身、ロラン自身の複雑な二重性を生きるものなのである。ベートーヴェンの創造過程を「理性では理解できぬ深い生命の奇跡」と呼ぶロランは、非合理的な生の哲学を信奉するロランであり、反面、この「創造的な『意識下』の地下世界で、闇《やみ》を触角でさぐり進む盲目の力を、踏査しようと試みる」ロランは、正確で鋭く、けっして判断を誤らぬ歴史家ロランである。「第九交響楽」の序文で、われわれにはすでになじみの深い二世界論に出会うのである。「偉大な芸術家は重なりあった二つの世界からなりたっている。すなわち仮象の規則的な戯れを組織づける明晰《めいせき》な理性の地上の世界と岸に近づこうと必死にあがき、試みる、生きんとする意志と、内面の大海よりなる地下の世界とである。」研究の対象がかかるものであるとき、研究者はどのようにしてこの対象を把握するのか。「天才が整形された美しい鋳型《いがた》のなかへ流れこもうと激しくあこがれる無形のもの」の「鋳造《ちゅうぞう》」の過程を描くことが必要である。無型のものから鋳型へといいたる形成過程がもつ合法則性。しかし、この形成過程を把握するためには、実際には、造型された作品の分析から出発して逆にその動機へといいたる道をたどる必要もある。だから作品の知的分析と創作の過程でおりにふれてしるされたスケッチや会話帳の解明、この二つの道の合致点で研究者の結論が出される。ロランは創造過程の意識を二つの段階に区別していた。印象、感覚、感情、想《おも》い出など日常生活を養う「生命の花」とでも呼ぶべきものと、「深い生命」「原質線」「魂の原核」などでいい表わされた「生命の深さ」を占めるものとの二側面がそれである。ロランは、この二つの側面が巧みに交わり合う次第、あるときにはむしろ相矛盾し合ってさえ表われる次第（日常生活の悲惨《ひさん》と作品中での快活あるいはその逆など）を通じて、一人のベートーヴェンとその作品の本質を解明していくのである。

われわれは、創作過程は非合理なものと断定するロランの世界観には賛同しかねるが、研究者ロランの判断の正確さにはしばしば驚かされる。私は創作過程はけっして非合理なものであるとは思わない。一度に認識しつくされぬとしても、必ず、その人なりの存在の必然性にもとづいて作品は形成されるものであると思う。しかし、反面、存在はきわめて複雑なものであり、単純な意識がかってに決めつけても刃がたたぬほど多様なものである。ルカーチは、「存在は狡猾《こうかつ》なものだ」といっているが、リアリズムの立場から、よくこの事情をいいつくした名言だと思う。ベートーヴェンのような、ロマン＝ロランのような存在は、その人の意識とは別に、その存在自身がきわめて複雑で多様で「狡猾」なものだと思う。ロランは、このベートーヴェンの「狡猾さ」に、一方では、その対象に陶酔する人間的心情で、他方では、目の人ゲーテと同じ歴史家の態度で迫るのである。晩年の「ベートーヴェン研究」は、むしろ、歴史家ロランの力と、信ずる人ロランの力の五分の勝負の場であったと思う。研究の過程では歴史家ロランが勝ち、『フィニターコメディア』の「終曲」での結論では、信仰家ロランがリードし、ベートーヴェンの魂を、『ファウスト』の終曲におけると同じように、不当にも神の手にゆずり渡してしまったのである。しかし、実際の研究過程では、ロランは意外と驚くべきほどのリアリストであり、洞察力がよく心情をコントロールしている。心情もよく対象のひだをさぐりあて、まれにみる的確な対象造型を行なっている。作家ロランにあって、心情の力は、一種盲目的な生の力となり、現実の必然性を上回るものとなる。生の力にとって必然的なものは、意外と現実の運行の必然性にとってよそよそしいのである。けれども研究者ロランの心情は、対象把握に徹していて不自然な逸脱から自由である。

ロランが自分の世界観に基づいて定式化した「意識下の意識の地下の回廊」という言葉を、「意識に先がけて進行する存在の複雑な運行」といいなおしさえするならば、ロランが実際に行なった実証的なベートーヴェン研究は、そっくりそのまま、われわれの偉大なる遺産とすることができる。

あとがき

できあがって読み返してみると、ロランに対する批判的な発言が多くなってしまったと思わざるをえない。しかし、この書物は、けっして、ロラン批判のための本ではない。筆者とロランとの間での見解の相違と呼ばれるべき箇所もあるが、しかし、この書物はロランに対する私の対決の書でもない。だから本書は、ロラン批判の視点で筆者に特に共鳴していただくことを意図していない。ロランの神秘思想に共感したかたがたを説得しようと思いもしなければ、そのために本書が十分に説得的であると思っているわけでもない。ただ、いろいろの批判や整理のためのカテゴリーを使って、一個の人間的個性としてのロマン＝ロランを描いてみようと意図したのである。

私はロランの人間的個性をその時代の歴史的状況とからみあわせながら、ありのままに描いてみようと思った。ロランを一個の人間として、その世界観上の迷いをも含めて、そのあいまいさと不決断のすべてをありのままに把握してみようと思った。私はロランの世界観上の迷いを、異質なものを和解させる調和の天才の所業であるなどと、これを過大に美化する論潮には反対である。また、迷いかつ信じ、そして実践するロランは、聖者たる貫禄《かんろく》に十分である。しかし、私はこのロランを聖者とみたて、信仰をともにする者の姿勢で接しようとは思わない。私は、むしろ、ロランの人間的矛盾をありのままに見つめ、その矛盾の構造をつきつめることのほうに情熱を感ずる。なぜなら、私はロランと信仰をともにすることはできないが、ロランという人間的個性に限りなく愛着を感じているからである。だから、本書はいわば無信仰のものが宗教現象を研究する宗教学のようなものだと思う。ロランの信仰を、彼の時代とその人間的存在の矛盾の中から解き明かし、説明してみようと思ったのである。

私はロランを人間的心理と性格把握の真実さにおいて、常々高く評価している。その真実さは、意外と文学作品の中での個性描写としてよりは、作品内外での評論家ロランの発言のほうにより多く認められうる。一般的にいって、私は信仰によって真理を求めたり、真理を信ずる心で信奉したりする態度より、批判と懐疑を通じて理性の確信へ達する態度のほうを高く評価したい。だから、本書をも十分批判的な心情をもって読んでいただきたいと思う。自由な批判検討によって、より興味深いロラン像が浮かびあがってくることを期待したい。

最後に、ロラン自身の熱っぽい言葉「真なるが故にわれ信ず」に対して、フランス一八世紀の唯物論者ディドロ（一七一三〜一七八四年）が死の床で語った言葉「哲学への第一歩、それは無信仰だ。」をぜひ対置しておきたく思う。

村上嘉隆

ロマン＝ロラン年譜

西暦	年齢	年譜	背景をなす社会的事件ならびに参考事項
一八六六年		一月二九日ニヴェルネー県クラムシーに生まれる。父はエミール＝ロラン、母はアントワネット＝マリー＝クロー	福沢諭吉『西洋事情』
六七	一歳		マルクス『資本論』第一巻刊行
六八	二	最初の妹マドレーヌ生まれる。	ゴーリキー生まれる。
六九	三		ジード生まれる。
七〇	四		七月、普仏戦争
七一	五	妹マドレーヌ急死	フランスの敗北 パリ＝コンミューンの成立と挫折
七二	六	二番目の妹生まれ、マドレーヌと名づけられる。	エンゲルス『自然弁証法』
七三	七	クラムシー学院（現在のロマン＝ロラン学院）に入学	ペギー・バルビュス・ブルム生まれる。 ランボー『地獄の一季節』
七五		シェークスピア『コルネイユ』を愛読	パリで印象派の第一回展覧会
八〇	一四	一〇月、ロラン一家パリに転居。サン＝ルイ高等中学《リセ》に転入学	フランス、労働党成立 エンゲルス『空想より科学への社会主義の発展』

八二	一六	スイス旅行。「自然の啓示」を受ける。エコール＝ノルマル（高等師範学校）の入学準備のためルイ＝ル＝グラン高等中学校に転校	
八三	一七	スイスでヴィクトル＝ユゴーに会う。	カール＝マルクス死す。ニーチェ『ツァラツストラはかく語りき』
八四	一八	リストの自作ミサの指揮を見る。スピノザ『エチカ』を読み啓示を受ける。ベートーヴェン・ワーグナー・シェークスピアに熱中し、エコール－ノルマルの入試に失敗	ロダン「カレーの市民」
八五	一九	五月、ユゴーの臨終を見舞う。トルストイ・ドストエフスキーを読む。エコール－ノルマルの入試に失敗	
八六	二〇	「ハムレット」を見る。七月、エコール－ノルマルの入試に合格、一一月入学	安南（インドシナ）を支配
八七	二一	トルストイに手紙を書き返事をもらう。歴史学科を選択する。	仏領インドシナ連邦成立
八八	二二	四〜五月哲学論文『真なるが故にわれ信ず』を書く。これによってロランの思想の哲学的原型が成立する。スイス旅行。セザール＝フランクを訪問	ブーランジスト運動への反対署名

一八八九	二三歳	フランス大革命百年祭に参加。八月、エコール＝ノルマル卒業。歴史学教授の資格を得る。ローマ留学生に選ばれ、一一月イタリアへ出発。ローマのフランス学院に留学し、ヴァチカンの古文書館で研究する。	ブーランジェ事件
九〇	二四	マルヴィーダとの親交。ソフィーアへの愛と失恋。イタリア各地の美術館をたずねる。イタリアの自然を享受。ジャニコロの丘でクリストフのヴィジョンをみる。	フランス第一回メーデー 日本第一回衆議院総選挙。教育勅語
九一	二五	七月、フランスへの帰途、マルヴィーダとバイロイトを訪れ、「パルジファル」を聞く。『エンペドクレス』執筆	
九二	二六	クロチルド＝ブレアルと一月三一日に結婚。博士論文の資料を集めるために妻とともにローマに旅行、翌年春まで滞在する。	
九三	二七	パリのリセ（中学・高等学校）の教師になる。	
九四	二八	博士論文執筆	日清戦争。一二月、ドレフュス流罪
九五	二九	文学博士となる。一一月母校美術史教授に任命さる。社会主義思想との出会い。	日清講和、三国干渉。フランス、労働総同盟結成

九六 九七	三〇 三一	戯曲はじめて発表さる。『聖王ルイ』(『パリ評論』三〜四月号) 四〜一一月『敗れし人々』執筆。妻の家族から孤立	ベルグソン『物質と記憶』 ドレフュス事件起こる。
九八	三二	『アエルト』の上演と発表 ジャン＝ジョーレス、ジェール＝ゲードらの演説を聞く。戯曲『狼』がドレフュス事件の精神的高揚の中で執筆され、五月一八日上演、ペギーの書店より出版される。『ダントン』の執筆	ゾラの抗議
九九	三三	戯曲『理性の勝利』出版、六月上演	
一九〇〇	三四	妻とともにローマに旅行 母方の祖父エドム＝クローの死	フランス、ストライキ続発。日本、治安警察法公布。ニーチェ死す。
〇一	三五	三月、クロチルドと離婚。ボンのベートーヴェンの生家とウィーンにある彼の死去した家を訪れ、マインツのベートーヴェン記念音楽祭に出席し、感謝の巡礼とする。	ラヴェル「水の戯れ」
〇二	三六	三月、『七月一四日』出版および上演。この上演料でローマにおもむき、マルヴィーダとの最後の会見。五月〜一一月、ソルボンヌ街の高等市民講座の音楽史の講	フランス下院選挙で社会党大勝 日英同盟成立

		義を担当。劇曲『時は来らん』執筆。伝記『ミレー』発表	
一九〇三	三七歳	四月マルヴィーダ死去。『ベートーヴェンの生涯』発刊。これによってロランは民衆の心をつかんだ。論文集『民衆劇論』刊。『時は来らん』発表、上演	ショー『人と超人』ドビュッシー「版画」 チェーホフ『桜の園』
〇四	三八	『ジャン＝クリストフ』、『曙《あけぼの》』を発表。つづいて『朝』も発表。パリ大学で音楽史の講師となる。自らピアノを奏しながらの講義は独特のものであった。	ヘッセ『ペーター・カーメンツィント』 与謝野晶子『君死に給うことなかれ』
〇五	三九	『青春』発表。アルザス・ロレーヌに旅行。アルバート＝シュヴァイツァーと知り合う。	ロシア、血の日曜日、第一革命。ディルタイ『体験と詩作』。R・シュトラウス『サロメ』。夏目漱石『わが輩《はい》は猫である』。サルトル生まれる。
〇六	四〇	『反抗』発表。『ミケランジェロの生涯』発刊	ゴーリキー『母』
〇七	四一	『広場の市』『アントワネット』	英仏露三国同盟 ベルグソン『創造的進化』 ジェームズ『プラグマチズム』 マーラー「千人交響曲」
〇八	四二	『家の中』発表。『今日の音楽家たち』『ありし日の音楽家たち』発刊	マーラー「大地の歌」 ラヴェル「夜のガスパール」

〇九	四三	『女友だち』を書く。『七月一四日』『ダントン』『狼』を発刊	ジード『狭き門』
一〇	四四	『燃え立つ茂み』を書く。『ヘンデル』出版、自動車事故の犠牲となる。	トルストイ死す。 リルケ『マルテの手記』 ドビュッシー「亜麻色の髪のおとめ」「沈める寺」ストラヴィンスキー「火の鳥」 『白樺』創刊
一一	四五	『トルストイの生涯』『新しい日』を書く。	西田幾多郎『善の研究』。ディルタイ死す。
一二	四六	『ジャン＝クリストフ』完結 パリ大学を辞任。四六歳にしてやっと教授職から自由となる。全面的に作家活動を行なう。	
一三	四七	『コラ＝ブルニョン』を書く。『ジャン＝クリストフ』にフランスアカデミー文学賞。ツヴァイク・リルケを知る。『スタンダールと音楽』を書く。	
一四	四八	スイスへ旅立つ。フランスへの帰国を自ら断念する。 『戦いを超えて』を発表。国際赤十字による戦時俘虜《ふりょ》事務局に協力し、奉仕的労働を行なう。	第一次世界大戦。ジョーレス暗殺される。 ペギー戦死す。
一五	四九	論文『戦いを超えて』を含む同名の論文集を刊行。賛否両論の嵐《あらし》の中に立つ。	カフカ『変身』

一九一六	五〇歳	ノーベル文学賞を受ける。ゴーリキーとの交友がはじまる。	レーニン『帝国主義論』 バルビュス『砲火』
一七	五一	ロシアに同行するようにとのレーニンの要請を断わる。	レーニン、ロシアへ帰る。 アメリカ参戦 ヴァレリー『若きパルク』 十月革命
一九	五三	『コラ＝ブルニョン』、『リリュリ』発刊。母死す。論文集『先駆者たち』発刊。『精神の独立宣言』発表 『過去の国への音楽の旅』刊行	リープクネヒト、ローザ＝ルクセンブルグ虐殺される。
二〇	五四	『ピエールとリュース』『クレランボー』発刊	
二一	五五	タゴール、ロランを訪問。『魅せられたる魂』に着手 アンリ＝バルビュスと論争	ネップ政策 魯《ろ》迅《じん》『阿Q正伝』。中国共産党創立
二二	五六	『敗れし人々』刊行。『魅せられたる魂』『アンネットとシルヴィ』刊行	エリオット『荒地』 日本共産党創立
二三	五七	『魅せられたる魂』-「夏」刊行。『ガンジー』発刊	リルケ『ドウイノの悲歌』
二四	五八	ウィーンでR・シュトラウスと会う。レーニンの死を悼む。	レーニン死す。トーマス＝マン『魔の山』 宮本百合子『伸子』
二五	五九	『愛と死との戯れ』発刊	ショーロホフ『静かなるドン』
二六	六〇	一月二九日、六〇回誕生日。「ヨーロッパ」誌二月号	スターリン『レーニン主義の基礎』

二七	六一	はロラン記念号として特集する。ネルー・タゴールと会う。 『レーニン——芸術と行動』を発表 反ファシズム国際委員会の名誉議長となる。 ベートーヴェン研究を再開する。『獅子《しし》座の流星群』を書く。『魅せられたる魂』-「母と子」を書く。	カフカ『城』 ショスタコーヴィッチ「第一交響曲」 ハイデッガー『存在と時間』
二八	六二	インド研究に没頭する。『エロイカからアパッショナータ』を発刊	マルロー『征服者』 ローレンス『チャタレー夫人の恋人』
二九	六三	若いロシア婦人マリ＝クーダチェヴァを知る。『ラーマクリシュナの生涯』を発刊	レマルク『西部戦線異常なし』 ヘミングウェイ『武器よさらば』 小林多喜二『蟹《かに》工船』
三〇	六四	『ゲーテとベートーヴェン』発刊。『ヴィヴェカーナンダの生涯』を発刊	マルロー『王道』
三一	六五	父親九四歳で死す。ガンジー、ロランを訪問。『スピノザの閃光《せんこう》』発表	カロッサ『医師ギオン』 パール＝バック『大地』
三二	六六	『マルヴィーダとの書簡集』刊行。『魅せられたる魂』-「予告する者」「一つの世界の死」を刊行	ドイツ総選挙でナチス第一党となる。 ベルグソン『道徳と宗教』
三三	六七	『魅せられたる魂』を脱稿。反ファシスト国際委員会の名誉総裁となる。	マルロー『人間の条件』 ナチス唯一政党宣言

一九三四	六八歳	マリ夫人と結婚	ヒトラー、総統兼首相となる。 キュリー夫妻、人工放射能を発見。 アラゴン『バールの鐘《かね》』 ベルク『ルル』
三五	六九	『格闘の十五年』『革命によって平和を』を出版。ソビエト訪問、ゴーリキーの家に滞在。バルビュス、モスクワで客死。葬儀に際してロランの弔辞をマルローが代読する。	和辻哲郎『風土』 川端康成『雪国』
三六	七〇	七〇回誕生記念祝賀会がブロック・アラゴン主唱で開かれる。人民戦線政府の後援で『七月一四日』と『ダントン』が上演される。ゴーリキーの死を知る。「……もしモスクワにいたなら、わたしも棺《ひつぎ》の担《かつ》ぎ手となるであろうに。」	フランス人民戦線成立 スペイン人民戦線勝利 やがてスペインでは市民戦争起こる。
三七	七一	パリを訪れる。『道づれたち』を発刊 人民戦線のフランスへの帰国を決意。ヴェスレーの家を買う。『復活の歌』を発刊する。	片山敏彦『ロマン＝ロラン』 マルロー『希望』
三八	七二	ヴェスレーに移る。『ロベスピエール』を書く。	フランス人民戦線崩壊《ほうかい》 サルトル『嘔吐《おうと》』
三九	七三	『愛と死との戯れ』、コメディ－フランセーズのレパー	第二次世界大戦

		トリーとなる。	
四〇	七四	病床で著述をつづける。ベスレーにドイツ軍戦車隊侵入	パリ陥落
			カミュ『異邦人』
四一	七五	クローデルとの交友復活。パリ訪問	太平洋戦争
			エレンブルク『パリ陥落』
四二	七六	『内面の旅路』刊行	イタリア降伏
四三	七七	『第九交響楽』『後期の四重奏曲』を発刊。重病。視力おとろえる。	サルトル『存在と無』
四四	七八	ソビエト大使館の革命記念祝賀会に出席。『ペギー』発刊。一二月三〇日、ベスレーにて永眠する。クラムシーのサン－マルタン寺院で葬儀。遺言によりクラムシーの近くのブレーブの小さな墓地に眠る。	パリ解放
		ロラン没後の出版物	
		ベートーヴェン研究『フィニターコメディア』(一九四三年)	
		『ベートーヴェンの恋人たち』(一九四九年)	
		自伝『敷居』(一九四五年)	
		『周航』(一九四五年)	
		『回想録』(一九五六年)	
		その他日記、書簡集	

参考文献

『ロマン＝ロラン』片山敏彦著　みすず書房　昭22

『ロマン＝ロラン』新村　猛著　岩波新書　昭33

『ロマン＝ロラン』宮本正清著　みすず書房　昭33

『ロマン＝ロラン』蛯原徳夫著　アポロン社　昭37

『歴史のなかのロマン＝ロラン』山口三夫著　勁草書房　昭39

『ロマン＝ロランと音楽』片山敏彦著　音楽出版社　昭40

『ロマン＝ロラン』蜷川　譲著　合同出版社　昭42

『ロマン＝ロランの世界』兵藤正之助著　新泉社　昭44

◇資料提供◇

本書中、次の写真を "Romain Rolland" みすず書房　から引用させていただきました。

一〇歳のロラン　曾祖父ボニアール　クロチルドとともに（新婚旅行）『七月一四日』上演　ロマン＝ロランの墓　マルヴィータ　ロラン　一九三四年のロラン　ラインを見つめるクリストフ　ソフィーア　口絵写真

さくいん

【人　名】

【書　名】

【事　項】

—完—

ロマン＝ロラン■人と思想26　　定価はカバーに表示

1970年７月15日　第１刷発行©
2015年９月10日　新装版第１刷発行©

・著　者　……………………村上《むらかみ》　嘉隆《よしたか》／村上《むらかみ》　益子《ますこ》
・発行者　……………………………………渡部　哲治
・印刷所　………………………法規書籍印刷株式会社
・発行所　…………………………株式会社　清水書院

〒102-0072　東京都千代田区飯田橋3-11-6
Tel・03(5213)7151〜7
振替口座・00130-3-5283
http://www.shimizushoin.co.jp

検印省略
落丁本・乱丁本は
おとりかえします。

CenturyBooks

Printed in Japan
ISBN978-4-389-42026-0

Century Books

清水書院の〝センチュリーブックス〟発刊のことば

近年の科学技術の発達は、まことに目覚ましいものがあります。月世界への旅行も、近い将来のこととして、夢ではなくなりました。しかし、一方、人間性は疎外され、文化も、商品化されようとしていることも、否定できません。

いま、人間性の回復をはかり、先人の遺した偉大な文化を継承して、高貴な精神の城を守り、明日への創造に資することは、今世紀に生きる私たちの、重大な責務であると信じます。

私たちがここに、「センチュリーブックス」を刊行いたしますのは、人間形成期にある学生・生徒の諸君、職場にある若い世代に精神の糧を提供し、この責任の一端を果たしたいためであります。

ここに読者諸氏の豊かな人間性を讃えつつご愛読を願います。

一九六六年

SHIMIZU SHOIN

【人と思想】 既刊本

老子	高橋進
孔子	内野熊一郎他
ソクラテス	中野幸次
釈迦	副島正光
プラトン	中野幸次
アリストテレス	堀田彰
イエス	八木誠一
親鸞	古田武彦
ルター	小牧治 泉谷周三郎
カルヴァン	渡辺信夫
デカルト	伊藤勝彦
パスカル	小松摂郎
ロック	浜林正夫他
ルソー	中里良二
カント	小牧治
ベンサム	山田英世
ヘーゲル	澤田章
J・S・ミル	菊川忠夫
キルケゴール	工藤綏夫
マルクス	小牧治
福沢諭吉	鹿野政直
ニーチェ	工藤綏夫
J・デューイ	山田英世
フロイト	鈴村金彌
内村鑑三	関根正雄
ロマン=ロラン	村上嘉隆 村上益子
孫文	横山英 中山義弘
ガンジー	坂本徳松
レーニン	中野徹三 高岡健次郎
ラッセル	金子光男
シュバイツァー	泉谷周三郎
ネルー	中村平治
毛沢東	宇野重昭
サルトル	村上嘉隆
ハイデッガー	新井恵雄
ヤスパース	宇都宮芳明
孟子	加賀栄治
荘子	鈴木修次
アウグスティヌス	宮谷宣史
トーマス・マン	村田經和
シラー	内藤克彦
道元	山折哲雄
ベーコン	石井栄一
マザーテレサ	和田町子
中江藤樹	渡部武
ブルトマン	笠井恵二
本居宣長	本山幸彦
佐久間象山	奈良本辰也 左方郁子
ホッブズ	田中浩
田中正造	布川清司
幸徳秋水	絲屋寿雄
スタンダール	鈴木昭一郎
和辻哲郎	小牧治
マキアヴェリ	西村貞二
河上肇	山田洸
アルチュセール	今村仁司
杜甫	鈴木修次
スピノザ	工藤喜作
ユング	林道義
フロム	安田一郎
マイネッケ	西村貞二
エラスムス	斎藤美洲
パウロ	八木誠一
ブレヒト	岩淵達治
ダンテ	野上素一
ダーウィン	江上生子
ゲーテ	星野慎一
ヴィクトル=ユゴー	辻昶 丸岡高弘
トインビー	吉沢五郎
フォイエルバッハ	宇都宮芳明

平塚らいてう　小林登美枝
フッサール　加藤精司
ゾラ　尾崎和郎
ボーヴォワール　村上益子
カール=バルト　大島末男
ウィトゲンシュタイン　岡田雅勝
ショーペンハウアー　遠山義孝
マックス=ヴェーバー　住谷一彦他
D・H・ロレンス　倉持三郎
ヒューム　泉谷周三郎
シェイクスピア　福田陸太郎・菊川倫子
ドストエフスキイ　井桁貞義
エピクロスとストア　堀田彰
アダム=スミス　浜林正夫・鈴木亮
ポパー　川村仁也
フンボルト　西村貞二
白楽天　花房英樹
ベンヤミン　村上隆夫
ヘッセ　井手賁夫
フィヒテ　福吉勝男
大杉栄　高野澄
ボンヘッファー　村上伸
ケインズ　浅野栄一
エドガー=A=ポー　佐渡谷重信

ウェスレー　野呂芳男
レヴィ=ストロース　吉田禎吾他
ブルクハルト　西村貞二
ハイゼンベルク　小出昭一郎
ヴァレリー　山田直
プランク　高田誠二
ラヴォアジエ　中川鶴太郎
T・S・エリオット　徳永暢三
シュトルム　宮内芳明
マーティン=L=キング　梶原寿
ペスタロッチ　長尾十三二・福田弘
玄奘　三友量順
ヴェーユ　冨原眞弓
ホルクハイマー　小牧治
サン=テグジュペリ　稲垣直樹
西光万吉　師岡佑行
ヴァイツゼッカー　加藤常昭
メルロ=ポンティ　村上隆夫
オリゲネス　小高毅
トマス=アクィナス　稲垣良典
ファラデーとマクスウェル　後藤憲一
津田梅子　古木宜志子
シュニツラー　岩淵達治

タゴール　丹羽京子
カステリョ　出村彰
ヴェルレーヌ　野内良三
コルベ　川下勝
ドゥルーズ　鈴木亨
「白バラ」　関楠生
リジュのテレーズ　菊地多嘉子
リッター　西村貞二
プルースト　石木隆治
ブロンテ姉妹　青山誠子
ツェラーン　森治
ムッソリーニ　木村裕主
モーパッサン　村松定史
大乗仏教の思想　副島正光
解放の神学　梶原寿
ミルトン　新井明
ティリッヒ　大島末男
神谷美恵子　江尻美穂子
レイチェル=カーソン　太田哲男
オルテガ　渡辺修
アレクサンドル=デュマ　辻昶・稲垣直樹
西行　渡部治
ジョルジュ=サンド　坂本千代
マリア　吉山登

ラス=カサス　染田秀藤
吉田松陰　高橋文博
パステルナーク　前木祥子
パース　岡田雅勝
南極のスコット　中田修
アドルノ　小牧治
良寛　山崎昇
グーテンベルク　戸叶勝也
ハイネ　一條正雄
トマス=ハーディ　倉持三郎
古代イスラエルの預言者たち　木田献一
シオドア=ドライサー　岩元巌
ナイチンゲール　小玉香津子
ザビエル　尾原悟
ラーマクリシュナ　堀内みどり
フーコー　今村仁司・栗原仁
トニ=モリスン　吉田廸子
悲劇と福音　佐藤研
リルケ　星野慎一・小磯仁
トルストイ　八島雅彦
ミリンダ王　森祖道・浪花宣明
フレーベル　小笠原道雄

ヴェーダからウパニシャッドへ　針貝邦生
ベルイマン　小松弘
アルベール=カミュ　井上正
バルザック　高山鉄男
モンテーニュ　大久保康明
ミュッセ　野内良三
ヘルダリーン　小磯仁
チェスタトン　山形和美
キケロー　角田幸彦
紫式部　沢田正子
デリダ　上利博規
ハーバーマス　小牧治・村上隆夫
三木清　永野基綱
グロティウス　柳原正治
シャンカラ　島岩
ハンナ=アーレント　太田哲男
ミダース王　西澤龍生
ビスマルク　加納邦光
オパーリン　江上生子
アッシジのフランチェスコ　川下勝
スタール夫人　佐藤夏生
セネカ　角田幸彦

ペテロ　川島貞雄
ジョン・スタインベック　中山喜代市
漢の武帝　永田英正
アンデルセン　安達忠夫
ライプニッツ　酒井潔
アメリゴ=ヴェスプッチ　篠原愛人
陸奥宗光　安岡昭男